MÉMOIRE

POUR LE RÉTABLISSEMENT EN FRANCE

DE L'ORDRE

DES FRÈRES PRÊCHEURS;

PAR

M. L'ABBÉ H. LACORDAIRE,

CHANOINE HONORAIRE DE PARIS.

𝕻𝖆𝖗𝖎𝖘.

DEBÉCOURT, LIBRAIRE-ÉDITEUR,

RUE DES SAINTS-PÈRES, 69.

——

1839.

MÉMOIRE

POUR LE RÉTABLISSEMENT EN FRANCE

DE L'ORDRE

DES FRÈRES PRÊCHEURS.

IMPRIMERIE DE E.-J. BAILLY,
PLACE SORBONNE, 2.

MÉMOIRE

POUR LE RÉTABLISSEMENT EN FRANCE

DE L'ORDRE

DES FRÈRES PRÊCHEURS;

PAR

M. L'ABBÉ H. LACORDAIRE,

CHANOINE HONORAIRE DE PARIS.

Paris,

DEBÉCOURT, LIBRAIRE-EDITEUR,

RUE DES SAINTS-PÈRES, 69.

1839.

MON PAYS,

Pendant que vous poursuivez avec joie et douleur la formation de la société moderne, un de vos enfans nouveaux, chrétien par la foi, prêtre par l'onction traditionnelle de l'Église catholique, vient réclamer de vous sa part dans les libertés que vous avez conquises, et que lui-même a payées. Il vous prie de lire le Mémoire qu'il vous adresse ici, et connaissant ses vœux, ses droits, son cœur même, de lui accorder la protection que vous donnerez toujours à ce qui est utile et sincère. Puissiez-vous, mon pays, ne jamais désespérer de votre cause, vaincre la mauvaise fortune par la patience, et la bonne par l'équité envers vos ennemis ; aimer Dieu qui est le père de tout ce que vous aimez, vous agenouiller devant son fils Jésus-Christ, le libérateur du monde ; ne laisser passer à personne l'office éminent que vous remplissez dans la création ; et trouver de meilleurs serviteurs que moi, mais non pas de plus dévoués !

MÉMOIRE

POUR LE RÉTABLISSEMENT EN FRANCE

DE L'ORDRE

DES FRÈRES PRÊCHEURS.

—·»»→ 🙵 ꞔ«««·—

CHAPITRE PREMIER.

De la légitimité des ordres religieux dans l'état.

—

Si j'eusse vécu dans les temps qui ont précédé le nôtre, et que la grâce divine m'eût
inspiré la pensée de servir dans un ordre
religieux, me donnant à celui qui aurait le
plus satisfait ma nature intime, et le mieux

répondu à ma vocation, j'y serais entré
sans en rien dire à personne qu'à Dieu et à
mes amis. Cette simplicité était possible
alors, elle était même un devoir; car rien
ne va moins à tout ce qui est chrétien que
le bruit et l'éclat; mais ce qui était possible
alors ne l'est plus aujourd'hui. Nous vivons
dans un temps où un homme qui veut devenir pauvre et le serviteur de tous, a plus de
peine à accomplir sa volonté qu'à se bâtir
une fortune et à se faire un nom. Presque
toutes les puissances européennes, rois et
journalistes, partisans de la monarchie absolue ou de la liberté, sont ligués contre le
sacrifice volontaire de soi, et jamais dans le
monde on n'eut tant de peur d'un homme
allant pieds nus et le dos couvert d'une ca-
saque de méchante laine. Si les ordres religieux étaient comme autrefois possesseurs
de vastes patrimoines, les conservant et les
augmentant par des priviléges civils; si leurs
vœux, reconnus de l'autorité publique, leur
donnaient une autre force que celle qui naît

d'un consentement chaque jour renouvelé,
un autre caractère que celui de la liberté la
plus absolue, on concevrait les alarmes de
tous les pouvoirs et de tous les partis. Les
uns repousseraient le privilége par cela seul
qu'il est privilége ; d'autres craindraient
pour le fisc, privé des avantages qu'il retire
du passage rapide des propriétés de main en
main ; d'autres réclameraient la liberté individuelle et la liberté de conscience menacées
par des engagemens religieux, n'ayant pas
pour seule garantie la persévérance intérieure de l'âme dans les mêmes dispositions ;
d'autres ne supporteraient pas des établisse-
mens auxquels la société moderne n'aurait
pas ôté, par quelque importante modifica-
tion, le sceau du passé. Toutes ces pensées
sont compréhensibles.

Ce qui est inexplicable, c'est que quelques
hommes las des passions du sang et de l'orgueil, pris pour Dieu et pour les hommes
d'un amour qui les détache d'eux-mêmes, ne

puissent se réunir dans une maison à eux,
et là, sans privilége, sans vœux reconnus de
l'état, uniquement liés par leur conscience,
y vivre à cinq cents francs par tête, occupés
de ces services que l'humanité peut bien ne
pas concevoir toujours, mais qui, dans tous
les cas, ne font de mal à personne. Cela est
inexplicable, pourtant cela est. Et quand
nous, ami passionné de ce siècle, né au plus
profond de ses entrailles, nous lui avons demandé la liberté de ne croire à rien, il nous
l'a permis. Quand nous lui avons demandé
la liberté d'aspirer à toutes les charges et à
tous les honneurs, il nous l'a permis. Quand
nous lui avons demandé la liberté d'influer
sur ses destinées en traitant, tout jeune encore, les plus graves questions, il nous l'a
permis. Quand nous lui avons demandé de
quoi vivre avec toutes nos aises, il l'a trouvé
bon. Mais aujourd'hui que pénétré des élémens divins qui remuent aussi ce siècle, nous
lui demandons la liberté de suivre les inspirations de notre foi, de ne plus prétendre à

rien, de vivre pauvrement avec quelques amis touchés des mêmes désirs que nous, aujourd'hui nous nous sentons arrêté tout court, mis au ban de je ne sais combien de lois, et l'Europe presque entière se réunirait pour nous accabler, s'il le fallait.

Cependant nous ne désespérons pas de nous-même en face de tous ces obstacles extérieurs. Nous nous confions à Dieu qui nous appelle, et à notre pays.

On a dit que les communautés religieuses étaient interdites en France par les lois : plusieurs l'ont nié ; d'autres ont soutenu que ces lois, supposé qu'elles existent, avaient été abrogées par la Charte. Je n'examinerai aucune de ces questions. Car je ne me présente, en ce moment, ni à la tribune ni à la barre d'une cour de justice. Je m'adresse à une autorité qui est *la reine du monde*, qui, de temps immémorial, a proscrit des lois, en a fait d'autres, de qui les chartes elles-mêmes dépendent, et dont les arrêts, méconnus un jour, finissent tôt ou tard par s'exécuter. C'est à l'opinion publique que je demande protection, et je la lui demande contre elle-même, s'il en est besoin. Car il y a en elle des ressources infinies, et sa puissance n'est si haute que parce qu'elle sait changer sans se vendre jamais.

Quoi qu'il en soit donc de la législation positive, il est certain que les communautés religieuses existent en France. Malgré l'incertitude et la contradiction des lois, malgré des passions encore chaudes, elles se sont fondées et accrues sous tous les régimes, aussi bien sous la révolution de 1830 que sous l'Empire et la Restauration. Sans secours de l'état qu'une simple tolérance, elles ont vécu de leur travail uni à la coopération de la charité, et bien qu'on les ait fréquemment attaquées de loin, jamais une insulte n'a frappé à leur porte depuis quarante ans, comme pas un scandale n'en a passé le seuil.

Une stabilité si extraordinaire sur un sol si mouvant doit avoir des causes : quelles sont-elles? Il est évident d'abord que , dans notre état social , aucune contrainte , aucune séduction , de quelque nature qu'elle soit , ne peut déterminer un si grand nombre de personnes à préférer la vie commune à la vie individuelle. L'acte par lequel on se dévoue aujourd'hui à ce genre d'existence , est un acte de choix , un acte essentiellement libre , et la quantité d'hommes et de femmes qui mettent là tout leur avenir , sans crainte comme sans regret , est une preuve que la vie commune est la vocation d'un certain nombre d'âmes. En tout temps , cette disposition s'est manifestée ; mais elle est plus frappante aujourd'hui , si l'on considère à la fois l'état précaire des communautés religieuses et la passion d'individualité qui dévore le cœur des hommes. Il faut que , malgré des conditions si défavorables , il y ait aussi dans la nature humaine d'autres goûts , d'autres penchans plus forts que les instincts de l'é-

goïsme même légitime. Dé quel droit les em-
pêcherait-on de se satisfaire, s'ils ne nuisent
à personne? Et en quoi nuisent-ils? Quel
mal font au monde ces filles pauvres qui
se sont formé un abri pour leur jeunesse
et leurs vieux jours à force de vertus? Quel
mal lui font ces solitaires laborieux qui ne
demandent à la liberté de leur pays que l'a-
vantage de mêler leurs sueurs? Quel mal lui
font ces sœurs et ces frères des hôpitaux, ces
prêtres qui se destinent en commun à porter
le Christianisme et la civilisation aux peuples
encore barbares, ou à évangéliser leur propre pays, ou à élever la jeunesse que leur
confiera la volonté des pères de famille? Quel
mal y a-t-il à tout cela? Si ce ne sont pas des
mérites, ce sont au moins des goûts innocens.
Et se pourrait-il concevoir qu'un pays où l'on
proclame depuis cinquante ans la liberté,
c'est-à-dire, le droit de faire ce qui ne nuit
pas à autrui, poursuivît à outrance un genre
de vie qui plaît à beaucoup et qui ne nuit à
aucun? A quoi bon verser tant de sang pour

les droits de l'homme ? Est-ce que la vie commune n'est pas un droit de l'homme, quand
même elle ne serait pas un besoin de l'humanité? Cette pauvre fille qui ne peut pas se
marier, qui ne peut pas trouver un ami sur
la terre, n'a-t-elle pas le droit de porter sa
dot de mille écus à une famille dont elle deviendra la fille et la sœur, qui la logera, la
nourrira, la consolera, et lui donnera, pour
plus grande sûreté, l'amour de Dieu qui ne
trompe jamais? Si quelques hommes n'aiment pas ce genre de vie, personne ne les
force de le prendre. Si, riches et contens, ils
n'ont pas senti les misères de l'âme et du
corps, à la bonne heure, mais il leur sied
mal d'ôter aux autres un asile qui serait encore sacré, quand il ne servirait à satisfaire
qu'un caprice de la nature.

Ce qui trompe là-dessus quelques hommes
droits, c'est la pensée toujours présente des
anciens couvens. Autrefois les couvens faisaient partie de l'organisation civile. Objets

d'envie par leurs richesses, ils débarrassaient
les familles nobles du souci de leurs cadets et
de la nécessité de doter leurs filles. Une foule
de vocations aidées par une industrie domestique, peuplaient d'âmes ennuyées et médio-
cres les longs corridors des monastères. Le
peuple aussi se laissait prendre au bonheur
de vivre derrière ces hautes murailles qui
cachaient, croyait-il, une existence molle,
devenue telle, en effet, bien souvent par la
convoitise des gens du siècle. Tout cela est
vrai, quoique peut-être exagéré : mais on
oublie que cet ordre de choses est complète-
ment détruit par le fait seul que l'état ne
reconnaît plus les vœux religieux, et tel est
l'objet véritable de la législation que l'on
invoque contre les communautés. Elles ont
cessé d'être des institutions civiles, et n'ayant
plus dès lors d'autres liens que la conscience,
la conscience les protège contre les abus
qu'introduit toujours dans les choses saintes
la main de la force. Aussi les communautés
religieuses présentent en France depuis qua-

rante ans un spectacle si pur et si parfait,
qu'il faut un souvenir bien ingrat pour leur
opposer les fautes d'un temps qui n'existe
plus. La gloire de la France, dans ces quarante
ans, est d'avoir reproduit toujours les choses
qui ne doivent mourir jamais. Elle a été
comme la nature qui renverse les vieux
arbres où s'abritèrent les générations, mais
qui en conserve le germe, et en tire des troncs
nouveaux où la postérité cherchera de l'om-
bre et des fruits. Il ne faut donc pas dire : la
France est foulée aux pieds, puisque tout ce
qu'elle a détruit reparaît; il faut dire, au
contraire : la France est victorieuse, puisqu'elle a conservé les germes dont l'anéan-
tissement ne serait que l'acquisition de la
stérilité, et qu'ils se développent avec des
conditions nouvelles dans son sein rajeuni.
Quiconque aspire à la destruction d'un germe
aspire à constituer la mort, et son labeur
sera certainement vain, parce que Dieu qui
a livré à la volonté de l'homme les exis-
tences individuelles, ne lui a pas donné puis-

2

sance sur leur source. La nature et la société,
par leur inaltérable sève, se riront toujours
de ces spéculateurs qui croient changer les
essences, et qu'une loi peut mettre à mort
les chênes et les moines : les chênes et les
moines sont éternels.

Si l'on regarde de plus près à la constitution présente des communautés religieuses,
on comprendra mieux encore le principe de
force qui les fait lutter avec avantage contre
tous les préjugés. Une communauté religieuse se compose de trois parties, l'élément
matériel, l'élément spirituel et l'élément
d'action. J'entends par l'élément matériel le
mécanisme extérieur de la vie, c'est-à-dire,
les règles qui déterminent le logement, le
vêtement, la nourriture, le lever et le coucher ; enfin tous les actes relatifs au soutien
du corps. L'élément spirituel consiste dans
les trois vœux de pauvreté, de chasteté et
d'obéissance ; d'où découlent et auxquels se
joignent tous les rapports avec Dieu. L'élé-

ment d'action est le moyen par lequel une communauté religieuse influe sur la société. Il est facile de voir que ces trois élémens échappent nécessairement à toute atteinte dans un pays où la force brutale n'est pas l'unique raison des choses.

En effet, pour commencer par l'élément matériel, en quoi consisteraient le droit et la liberté, s'il n'est pas permis à des citoyens d'habiter une même maison, de s'y lever et de s'y coucher à la même heure, de manger à la même table, et de porter le même vêtement? Que devient la propriété, que deviennent la liberté du domicile et la liberté individuelle, si l'on peut chasser de chez eux des citoyens parce qu'ils y accomplissent en commun les actes de la vie domestique? Il faudrait au moins déterminer le nombre où commencerait le délit, et au dessous de ce nombre, la communauté restant possible, la loi serait impuissante jusqu'à ce qu'elle eût déclaré qu'un citoyen français n'est apte à loger avec un autre citoyen français que sous le bon plaisir du roi et des chambres. Dans les associations ordinaires, le droit de se réunir est bien moins évident, les garanties d'ordre beaucoup moins complètes, et cependant la loi les permet dès qu'elles n'excèdent pas le nombre de vingt personnes. Pourquoi ôterait-on aux communautés religieuses le bénéfice de cette disposition, qui n'est pas même une disposition libérale? On respectera la liberté de vingt individus se réunissant à des jours fixes dans un lieu qui n'est pas leur propriété ni leur vrai domicile, et l'on traitera d'attentat aux lois la réunion de vingt individus dans leur propre maison où ils vivent paisiblement! Car, et ceci est digne de remarque, aucune association ne donne à l'état des garanties d'ordre aussi étendues que les communautés religieuses. La vie commune exige tant de vertus, qu'un monastère où elle est observée sans le secours des lois civiles et par la seule force de la conscience, est une merveille digne d'admiration. On pourrait même dire qu'une communauté n'est pas une association, mais une simple famille, en ayant tous les droits et tous les caractères ; et pour montrer la diffe-rence qui existe entre ces deux choses, l'as-sociation et la communauté, il suffit de faire observer que si l'on assujétissait les associa-tions à se transformer en communautés, elles seraient disssoutes à l'instant même par l'im-puissance de remplir cette condition.

Il est vrai que l'élément spirituel qui cons-titue la famille religieuse est un vœu. Si elle n'était constituée que par un consentement quotidien, il faudrait avoir perdu le sens pour s'y opposer : mais un vœu ! un acte ir-révocable ! une tyrannie d'un moment sur tout l'avenir ! C'est la même objection que les partisans du divorce présentent contre l'in-dissolubilité du mariage : on aime un jour, et ce jour vous lie à jamais ! La famille natu-relle comme la famille religieuse est sujette à la loi de perpétuité, de la domination du

passé sur l'avenir, et il faut bien que cette
objection ne soit pas si formidable , puisque,
malgré elle , le mariage n'a pas cessé d'être
généralement indissoluble depuis Adam. Quel
est d'ailleurs le passé qui n'engage pas l'avenir? Quel est dans la vie humaine le moment
qui soit vraiment révocable? On se persuade
qu'on échappe à ce qui est derrière soi ; mais
libre qu'on est de s'en repentir, on n'est pas
libre des devoirs qui en découlent , et le repentir même les consacre. Quoique cette pa-
rité entre la famille naturelle et la famille
religieuse suffise pour légitimer la dernière ,
toutefois nous sommes loin d'accepter ce
moyen de défense ; car le vœu des époux est
sous la protection du code pénal , tandis que
le vœu du religieux est sous la protection de
sa conscience ; c'est-à-dire, que la force maintient l'indissolubilité du mariage , tandis que
la liberté seule maintient l'indissolubilité du
nœud claustral. Si le religieux s'ennuie , il
peut s'en aller : qui le retient? sa volonté
seule , son adhésion renouvelée chaque jour

à sa promesse, son amour persévérant pour
Dieu. Il est vrai que son vœu est une loi qui
l'oblige : mais cette loi est son propre ouvrage, et il ne lui obéit qu'autant qu'il le
veut. Faire la loi et lui obéir volontairement,
n'est-ce pas là la plus haute expression de la
liberté?

Si le vœu est sacré parce que c'est un acte
libre dans son principe et dans son exécution,
il l'est bien davantage encore considéré dans
son essence. Car sous ce point de vue, c'est
un rapport intime de l'âme avec Dieu, un
acte de religion. Ici la conscience réclame
son inviolabilité. Elle demande qui a le droit
de lui interdire sous une peine quelconque
une relation de son choix avec Dieu? Le vœu
n'est qu'un acte de foi par lequel l'âme promettant quelque chose à Dieu, croit que sa
promesse est acceptée de lui. Otez la foi, toujours révocable parce qu'elle est une vertu,
le vœu cesse d'être un lien pour l'homme.
La proscription du vœu est donc la proscrip-

tion d'un acte de foi. De telle sorte qu'un contrat ainsi conçu serait valable : « Nous soussignés, nous mettons notre fortune en commun ; nous nous engageons à vivre ensemble tant qu'il nous plaira, avec accroissement de la part de ceux qui sortent à ceux qui restent, de ceux qui meurent à ceux qui vivent. » Mais ajoutez-y un seul mot, dites : « Nous nous engageons *devant Dieu*, etc. » Le contrat devient illégitime parce qu'il est placé sous la sauve-garde d'un acte de foi, parce que la pensée de Dieu intervient entre les contractans, et qu'il y a vœu. Sans cet acte de foi, vous eussiez vécu tranquille dans votre maison avec vos amis : cet acte de foi change tout. On vous enverra des gendarmes à votre porte et dans votre intérieur ; vous aurez beau invoquer la propriété, le domicile, la liberté individuelle : on vous répondra que toutes ces choses sont sacro-saintes, mais que *la liberté de conscience* l'étant bien davantage, on est obligé, au prix de tous les sacrifices, de vous ôter malgré vous le poids.

insupportable de votre vœu, lequel, il est vrai, vous liera encore après que vous aurez été chassé, mais ce sera votre affaire. On se garde de vous enlever la foi qui fait la force de votre vœu ; on ne vous prive que de la consolation de le remplir. On vous laisse la liberté de la servitude intérieure : qui peut vous la ravir? On ne vous ôte que la servitude de la liberté extérieure : de quoi vous plaignez-vous ?

Ce n'eût pas été une dérision si la révolution française avait dit aux religieux : « Peut-être il y en a parmi vous qui ne sont point entrés librement dans ces cloîtres ; qu'ils sachent que d'aujourd'hui les portes sont ouvertes, et qu'ils restent sous la garde de leur conscience. » Ce n'eût pas été non plus une dérision d'ajouter : « La nation vous retire les biens que vos ancêtres et les nôtres vous ont autrefois donnés; elle croit ce sacrifice nécessaire au salut de la patrie, et vous laissant du reste de quoi soutenir votre existence, elle vous invite à porter le coup qui vous frappe avec la dignité d'hommes qui avez renoncé à la terre par amour de Dieu et des hommes. Maintenant que l'ordre ancien est aboli par cet acte extraordinaire et terrible, allez où vous voudrez ; bâtissez-vous de nouvelles demeures sous la protection du droit commun, par la force de vos vertus, et confiez-vous sans crainte au long avenir qui s'ouvre pour tous. La Providence n'envoie pas les révolutions sur la terre pour détruire, mais pour purifier. » Ce langage eût été une injustice sans être une dérision. Ce qui est une dérision, c'est de prétendre, au nom de la liberté, dénouer des nœuds qu'on ne dénoue pas, parce qu'ils tiennent aux sentimens intérieurs de l'homme, et de donner pour sanction à cette étrange délivrance la spoliation des droits les plus respectés. Quand les trappistes furent chassés de l'abbaye de Melleray, n'emportèrent-ils pas leurs vœux avec leur foi, et que leur avait-on ôté sinon la paix, la patrie, le fruit de leurs travaux, et toutes les libertés arrosées du sang de leur père et de leurs contemporains?

Légitime comme acte libre et comme acte de foi, le vœu religieux ne l'est pas moins comme acte de dévouement. Il engage celui qui le fait à la pauvreté, à la chasteté, à l'o-béissance, c'est-à-dire, à réaliser sur la terre, autant qu'il dépend de lui, les ardens désirs des meilleurs amis de l'humanité et les rêves des politiques les plus hardis. Que désire l'homme qui aime son semblable, sinon que tous ses frères gagnent par leur travail un pain suffisant, que le mariage ne leur apporte pas la misère et la honte pour postérité, et qu'un sage gouvernement leur procure la paix sans la leur faire payer de la servitude? Que rêve le politique le plus spéculatif, sinon une fédération universelle qui assure à tous les hommes l'égalité morale d'éducation et de fortune, qui, à cet effet, maintienne la population en harmonie avec la fécondité du globe, qui donne enfin le pouvoir aux plus

dignes par l'élection, et l'obéissance aux
moins dignes par la conviction. Ces désirs et
ces rêves, le possible et l'improbable sont
accomplis par la communauté religieuse.

Au moyen du vœu de pauvreté, tous les
frères qui s'y sont assujétis deviennent égaux,
quels qu'aient été dans le monde leur naissance et leur mérite. La cellule du prince est
la même que celle du gardeur de pourceaux.
Et cette égalité n'a pas pour bornes les murs
étroits du monastère, elle s'étend à toute
l'humanité. De même que Dieu en prenant la
forme humaine s'est fait l'égal de tous les
hommes, le religieux en prenant la forme
de la pauvreté s'est fait l'égal de tous les
petits.

Par le sacrifice de la chasteté, il rend dans
le monde un mariage possible à la place du
sien ; il encourage ceux à qui leur fortune ne
permet pas ce lien séduisant et onéreux. Car
le célibat comme la pauvreté ne sont pas de

la création du moine : ils existaient tous deux avant lui, et il n'a fait que les élever à la dignité d'une vertu. Le soldat, le domestique, l'ouvrier nécessiteux, la fille sans dot, sont condamnés au célibat. Mais quoi ! nous renvoyons nos serviteurs lorsqu'ils se marient, et nous chassons les moines parce qu'ils ne se marient pas !

Que dirais-je en faveur de l'obéissance religieuse ? Tout l'univers ne sait-il pas que c'est une obéissance passive ? J'oserai pourtant affirmer le contraire, et soutenir qu'au monde il n'y a qu'une seule obéissance parfaitement libérale, qui est l'obéissance religieuse. Personne jusqu'ici n'a méconnu la nécessité où est l'homme d'obéir, mais on a cherché avec raison à préserver l'obéissance de la bassesse et de l'injustice. Deux moyens ont été imaginés : l'un est l'élection, l'autre est la loi. L'élection est destinée à donner le pouvoir au plus digne, la loi à donner des bornes au commandement. Mais par une infirmité des choses humaines, l'élection est toujours entre les mains du petit nombre, de sorte que la minorité peut opprimer la majorité, et, au contraire, la loi étant le résultat du consentement du plus grand nombre, la majorité peut opprimer la minorité. C'est là le cercle fatal où tournent tous les politiques qui ne connaissent d'autre loi que la volonté humaine, d'autre élection que le choix de l'homme. La majorité privée du droit d'élection demandant sans cesse la réforme électorale, et la minorité qui n'a pas consenti la loi réclamant la réforme législative, toutes deux se disant opprimées, et toutes deux se soumettant à la force, voilà où est l'obéissance passive, c'est-à-dire, *la soumission involontaire à un ordre que la raison n'approuve pas*. L'obéissance n'est active, libérale, glorieuse, que lorsqu'elle est un acquiescement de l'intelligence et de la volonté, et elle ne saurait avoir pour tous ce caractère, que dans un gouvernement où l'élection et la loi n'impliquent ni majorité ni minorité. C'est

ce qui arrive dans les communautés religieuses, telles qu'elles sont généralement constituées. Tous les religieux élisent directement
leur supérieur immédiat, et indirectement
leur supérieur médiat : et, de plus, ils ne re-
gardent pas l'élection comme le résultat de
leur volonté propre, mais de l'influence invisible de l'Esprit saint qui a dirigé leurs cœurs.
L'universalité du vote et la conviction profonde de l'intervention divine élèvent leur
obéissance au plus haut degré *d'honneur* qui
soit possible ici-bas. L'élu commande aux
électeurs parce que Dieu et eux l'ont voulu
en même temps. Mais ce qui suffit pour assurer l'honneur de l'obéissance, ne suffit pas
encore pour en assurer la *justice*. Au dessus
de celui qui gouverne et de ceux qui sont
gouvernés est une loi éternelle, immuable,
universelle, reconnue de tous pour être dans
son principe l'essence divine elle-même, loi
manifestée depuis l'origine du monde, renouvelée et dévoilée de plus en plus par le
Dieu fait homme, loi d'amour qui se résume

ainsi : *Tu aimeras le Seigneur ton Dieu de tout ton cœur, de tout ton esprit, de toute ton âme, et le prochain comme toi-même. Et encore : Celui qui veut être le premier parmi vous qu'il soit le dernier, et celui qui veut être le plus grand qu'il soit le serviteur de tous.* Et, outre cette loi suprême qui règle tous les rapports des frères avec les frères, il en est encore une autre également au dessus de tous, la règle particulière de l'ordre établie par son fondateur et ses patriarches, où tous les offices avec tous les devoirs sont prévus dans un tel détail, que rien ne reste à l'arbitraire de ce qu'il a été possible de lui ôter.

Quand on parle de l'obéissance passive des religieux, il est évident qu'on ne s'entend pas. Si l'on veut dire que les religieux promettent d'obéir à tout ce qui tombera dans la tête de leur supérieur, c'est une erreur de fait ridicule : ils promettent d'obéir à un supérieur de leur choix en tout ce qui est conforme à la loi divine et aux statuts de leur

ordre. Si l'on veut dire qu'ils obéissent avec
un parfait acquiescement de leur intelligence
et de leur volonté, c'est précisément ce qui
affranchit leur soumission de tout caractère
passif. Dans aucune société il n'existe d'aussi
fortes barrières contre les abus du pouvoir,
et d'aussi grandes garanties en faveur des citoyens.

Quant à l'élément d'action, qui est le troi-
sième élément constitutif des ordres religieux, par ce côté-là, comme par tous les autres, ils rentrent dans le droit commun, et
même encore davantage, s'il est possible.
Dès que l'homme du monastère en a franchi
le seuil pour agir sur le monde, il rencontre
à la porte la loi qui règle les actes, les droits
et les devoirs de tous. Veut-il prêcher, il a
besoin du consentement de l'évêque. Veut-il
enseigner la jeunesse dans les écoles, il doit
établir sa capacité devant l'autorité chargée
de la surveillance de l'enseignement. Veut-il
labourer la terre de ses mains, il doit obser-

ver les réglemens de l'agriculture. La seule
différence entre lui et les travailleurs ordinaires, c'est de faire plus et d'exiger moins.

Celui qui méditera sans passion ces caractères des ordres religieux comprendra pourquoi ils renaissent de leurs cendres avec tant
de facilité, malgré tant d'obstacles extérieurs. Dans l'automne de 1828, j'étais sur le
lac de Genève : un Genevois poussa du coude
son voisin, et dit tout haut en me regardant :
Cette race renaît de ses cendres ! Il ne savait
pas que la résurrection est le signe le plus
éclatant de la divinité, et que Jésus-Christ
donna cette marque à ses disciples comme la
marque souveraine et finale de la vérité de
sa révélation. Rien n'a vécu qui n'ait été vrai,
naturel, utile à quelque degré ; mais rien ne
renaît qui ne soit nécessaire, et qui n'ait en
soi-même les conditions de l'immortalité. La
mort est un assaut trop rude pour en revenir
quand on n'est pas immortel. Et nous voilà
revenus, nous, moines, religieuses, frères et

sœurs de tout nom ; nous couvrons ce sol
d'où nous fûmes chassés il y a quarante ans
par un siècle admirablement puissant en
ruines, qui après avoir enfanté pour les faire
les plus beaux génies du monde, enfanta
pour les défendre tant d'illustres capitaines.
C'a été vainement : rien n'a pu prévaloir contre la force de la nécessité. Nous voilà revenus, comme la moisson couvre un champ
que la charrue a bouleversé, et où le vent
du ciel a jeté la semence. Nous ne le disons
pas avec orgueil : l'orgueil n'est pas le sentiment du voyageur qui est de retour dans sa
patrie, et qui frappe à la porte pour demander du secours. Nous voilà revenus parce que
nous n'avons pu faire autrement, parce que
nous sommes les premiers vaincus par la vie
qui est en nous ; nous sommes innocens de
notre immortalité, comme le gland qui croît
au pied d'un vieux chêne mort est innocent
de la sève qui le pousse vers le ciel. Ce n'est
ni l'or ni l'argent qui nous ont ressuscités,
mais une germination spirituelle déposée

dans le monde par la main du Créateur, et
qui est aussi indestructible que la germination naturelle. Ce n'est ni la faveur du gouvernement ni celle de l'opinion qui ont protégé notre existence , mais une force secrète
qui soutient tout ce qui est vrai.

Et nous le demandons à ceux-là même
que notre présence étonne ou irrite : est-il
juste , dans un pays où la liberté individuelle
est un principe , de poursuivre un genre de
vie qui ne fait de mal à personne, et qui est
tellement propre à l'humanité , que les chan-
ces les plus dures ne l'empêchent pas de se
reproduire? Est-il juste, dans un pays où la
propriété et le domicile sont sacrés , d'arracher de chez eux, par la violence, des gens
qui y vivent en paix, sans offenser qui que ce
soit? Est-il juste, dans un pays où la liberté
de conscience a été achetée par le sang , de
proscrire tout une race d'hommes parce
qu'ils font un acte de foi qu'on appelle vœu ?
Est-il juste , dans un pays où l'idée de la fra-

ternité universelle domine tous les esprits généreux, de réprouver de saintes républiques où l'on se consacre à la pauvreté et à la chasteté par un amour immense d'égalité avec les petits? Est-il juste, dans un pays où l'élection et la loi sont la base de l'obéissance civile, de flétrir des corps constitués par une élection plus large et une loi plus protectrice? Est-il juste, dans un pays où tout le monde est admissible aux fonctions sociales, de les interdire à des citoyens qui n'ont d'autre tort que d'apporter dans la concurrence générale un plus grand esprit de sacrifice? Nous le demandons au ciel et à la terre : tout cela est-il juste, et n'est-ce pas créer parmi nous une classe de parias?

Je ne sais à ces demandes qu'une réponse, et la voici : « Il est vrai, tout ce que vous nous reprochez est le comble de l'injustice et une contradiction sociale manifeste. Mais nous sommes les ennemis de votre doctrine religieuse, et elle est trop puissante pour que

nous la combattions à armes égales. Vous
puisez dans votre foi une si grande abnégation de vous-mêmes, que nous autres, gens
du monde, mariés, ambitieux, incapables
d'avenir parce que le présent nous étouffe,
nous ne pouvons vous disputer l'ascendant.
Il faut pourtant vous vaincre, puisque nous
vous haïssons. Nous n'emploierons pas contre
vous le fer et le feu; mais nous vous met-
trons par la loi hors de la loi; nous ferons con-
sidérer votre dévouement comme un privilége dangereux dont il faut purger l'état par
un ostracisme : vous serez hors de la liberté,
parce qu'avec vos vertus vous êtes hors de
l'égalité. »

Ces pensées peuvent être celles de quelques
hommes ; nous ne croyons pas que ce soient
les pensées de la France. Ceux-là même qui
s'en entretiennent n'en comprennent pas
toute la portée. Car ils aiment sans doute
leur pays, et le plus grand malheur de notre
pays serait que de tels sentimens y exerças-

sent une véritable action. Certes, il n'est pas
difficile d'entendre qu'un peuple où deux
principes fondamentaux de l'existence sociale
seraient en guerre ouverte, tous les deux appuyés par une partie des citoyens , tous les
deux radicalement indestructibles par leur
histoire comme par leur essence , serait un
peuple infiniment à plaindre. La religion
catholique est la religion du peuple français.
Né d'un acte de foi sur un champ de bataille,
il s'est toujours souvenu de son origine , et
n'a cessé de combattre pour l'Église depuis
quatorze cents ans. C'est lui qui , dans les
plaines de la Bourgogne et de l'Aquitaine ,
vainquit l'Arianisme presque maître du monde ; c'est lui qui , par l'épée de Charles Mar-
tel, arrêta l'invasion de l'Islamisme en Europe , et donna sa dernière et solide assiette à
la papauté par le génie de Charlemagne ; c'est
lui qui ouvrit les croisades, vastes guerres de
la civilisation chrétienne contre l'abrutisse-
ment oriental , et y parut toujours au premier
rang ; c'est lui qui , au seizième siècle, quand

l'Église craquait de toutes parts, se jeta entre l'Angleterre et l'Allemagne devenues infidèles, et arrêta par sa masse toute-puissante le débordement du scepticisme et de la servitude ; c'est lui, enfin, qui, durant ces quarante années, malgré tant de violences exercées en son nom sur l'Église, a sauvé sa foi contre l'attente universelle. La France est catholique par la triple force de son histoire, de son esprit de dévouement, et de la clarté de son génie : elle ne cessera de l'être qu'au tombeau. Mais en même temps, la France est un pays de liberté, c'est-à-dire, un pays où, selon l'expression de Bossuet, il a toujours existé *certaines lois fondamentales contre lesquelles tout ce qui se fait est nul de soi.* On sent dans la poitrine de ce peuple, à quelque époque qu'on la touche, le battement de cœur du Germain né et grandi dans les forêts. Espérer qu'il perdra ce caractère primitif, c'est espérer sa mort. Tant qu'un peu de sang français subsistera, la justice aura sur la terre un soldat armé. Que conclure de ces deux principes.

fondamentaux de la nationalité française,
sinon qu'ils doivent s'unir et se perfectionner
l'un par l'autre ? Que conclure encore, sinon
que leur lutte obstinée attaque dans sa source
même l'existence du pays ?

Le passé devrait nous instruire. Depuis
cinquante ans, la foi et la liberté de la France
ont subi de grands revers : l'une ou l'autre
a-t-elle été vaincue ? Elles sont là comme au
premier jour. La France est à la tête des pays
catholiques comme elle est à la tête des pays de
liberté. Déclarer que l'un de ces principes est
ennemi de l'autre à jamais, c'est signer l'ar-
rêt d'une discorde éternelle, c'est se donner
rendez-vous pour creuser un tombeau où les
cendres des générations se repousseront encore. Comment accepter une liberté qui n'est
pas pour soi, mais seulement pour ses ennemis ? Le despotisme lui-même ne peut pas se
passer de justice : comment la liberté s'en
passerait-elle, elle qui n'est que la justice ?

Pour nous, catholiques, nous ne sommes

pas coupables d'une inimitié si aveugle et si funeste. Aux trois grandes époques de formation de la société moderne, nous lui avons tendu la main. En 1789, ce fut la majorité de la chambre du clergé qui se réunit la première au tiers-état, et qui entraîna la substitution du vote par tête au vote par ordre, ce qui était briser les restes de l'institution féodale. Malgré l'ingratitude dont la république paya l'Église, à peine un homme se fut-il présenté pour semer l'ordre avec la gloire, que le souverain pontife se prêta à ses vues par des actes inouïs. On vit un concordat qui détruisait une Église ancienne, le renversement de tout un épiscopat, représentant de la société passée, et le successeur de saint Pierre traversant l'Europe pour venir poser la couronne sur le front de cet homme nouveau. En 1830, le prêtre le plus remarquable qu'eût produit l'Église de France depuis Bossuet courut dans la tempête au devant de la nation, et s'il outrepassa le but de beaucoup, on a pu juger récemment par une pa-

role plus haute que ne le fut jamais la sienne,
des sentimens que la France inspire à la papauté.

Qu'avons-nous reçu en échange de tous
nos bons vouloirs? La république nous répondit par la spoliation, l'exil et la mort; Na-
poléon emprisonna l'Eglise dans les articles
organiques du concordat, et le souverain
pontife dans Savone et Fontainebleau : 1830
seul a eu un commencement de justice. Nous
en bénissons le ciel, et nous supplions nos
concitoyens de ne pas dédaigner les fruits de
ce premier pas dans une voie de réconcilia-
tion. Le monde est profondément ébranlé,
il a besoin de toutes ses ressources. Et puisque au travers de l'égoïsme qui menace
l'honneur et la sécurité de la société moderne, il se trouve des âmes pour donner
l'exemple de l'abnégation volontaire, res-
pectons du moins leurs œuvres. Accordons
à la vertu le droit d'asile que le crime avait
autrefois. Il y a toujours sur la terre des

voyageurs fatigués du chemin, et nul de nous ne peut se flatter de n'être pas du nombre un jour.

Les Frères prêcheurs ont un droit particulier à la tolérance du pays : car ils ont donné à la France une de ses belles provinces, le Dauphiné. Humbert, qui en fut le dernier prince, la céda à Philippe de Valois, la veille du jour où il prit l'habit de S. Dominique. Nous demandons aujourd'hui, en échange, quelques pieds de terre française pour y vivre en paix.

CHAPITRE II.

Idée générale de l'ordre des Frères prêcheurs, et des raisons de le rétablir en France.

—

L'Eglise catholique, considérée sous le rapport de la hiérarchie qui gouverne le corps des chrétiens, s'appelle *l'Eglise enseignante*. C'est le nom que la tradition lui donne, et dont Jésus-Christ l'a lui-même appelée dans ces fameuses et dernières paroles qu'il adressait à ses apôtres : *Allez et enseignez toutes les nations, les baptisant au nom du Père et du Fils et du Saint-Esprit, leur enseignant à garder tout ce que je vous ai dit.* Son titre même avertit l'église hiérarchique que son principal ministère est d'enseigner, parce que de l'enseignement découle la foi, qui est la source des autres vertus chrétiennes. Les sacremens eux-mêmes sont destinés à illuminer l'âme en même temps qu'à l'échauffer. Or, l'enseignement catholique, pour être complet, a besoin d'apôtres, de pasteurs et de docteurs. L'apôtre porte la vérité à ceux qui ne la connaissent pas encore : il est voyageur, allant comme Jésus-Christ lui-même par les villes et les bourgades, conversant et prêchant, annonçant que le royaume de Dieu est proche, employant un langage proportionné aux idées des peuples auxquels il se dévoue. Le pasteur enseigne le troupeau déjà formé : il est sédentaire, jour et nuit à la disposition de ses brebis ; son langage est celui d'un homme parfaitement sûr de la communauté de pensées qui le lie à l'assemblée des fidèles ; il n'invoque pas, comme

saint Paul devant l'aréopage, les traditions
païennes et le témoignage des poètes profanes, mais seulement Jésus-Christ *auteur et
consommateur de la foi*. Le docteur est pré-
posé à l'enseignement du sacerdoce et à la
défense de la vérité par la controverse scientifique : il est homme d'étude, passant sa vie
au milieu du dépôt de la tradition, et con-
templant du point de vue le plus élevé où
l'esprit humain puisse atteindre, la liaison
divine de tous les phénomènes et de toutes
les idées qui composent le mouvement de
l'univers.

Ces trois modes d'enseignement, divers
dans leurs moyens et un dans leur but, nous
sont représentés par les trois grands apôtres
saint Pierre, saint Paul et saint Jean. Saint
Pierre, le prince des apôtres, n'est ni un
homme éloquent ni un écrivain. Simple pê-
cheur sur les bords d'un lac où il gagne sa
vie avec ses filets, il est appelé par Jésus-
Christ, qui lui donne une foi surabondante

sans élever son génie naturel, et, quoique
destiné à être la pierre de l'Eglise, il renie
trois fois son maître, afin d'apprendre par
sa propre faiblesse à avoir compassion des
faiblesses de ses frères : il a pour symbole
les clefs. Saint Paul, le prince des prédicateurs, est élevé dans la connaissance de la
loi aux pieds des docteurs de son temps; il
ignore Jésus-Christ pendant sa vie et le persécute après sa mort, afin qu'initié par sa
propre expérience aux mystères de l'erreur,
il en connaisse le fort et le faible, et qu'un
jour lorsqu'il annoncera l'Evangile à toutes
les nations, il ne désespère jamais du retour
d'aucune âme, si fermée qu'elle paraisse à
la vérité. Son génie est hardi comme ses
voyages; il sait les idées des peuples où il
passe, cite aux Athéniens leurs poètes, interprète leurs inscriptions sacrées; il se fait
toutes choses à tous, comme il le dit lui-
même : son symbole, c'est l'épée. Saint Jean,
le prince des docteurs, apparaît couché sur
la poitrine de son maître, et lui adresse des

questions qui font peur aux autres ; il est vierge, parce que les sens sont la principale cause qui nous empêche de voir la vérité ; il est le disciple bien aimé. Étranger aux embarras du gouvernement général de l'église et aux fatigues des courses apostoliques, il ne meurt pas comme saint Pierre par la croix, ni comme saint Paul par le glaive ; il meurt dans son lit, au bout d'une divine vieillesse, n'ayant plus de forces que pour répéter ces mots, qui sont les premiers et les derniers de tout enseignement vrai : *Mes enfans, aimez-vous.* Son symbole, c'est l'aigle.

Dans l'origine de l'église, ces trois grandes fonctions de l'enseignement apostolique, pastoral et scientifique, n'étaient pas ordinairement séparées. Un prêtre, envoyé par son supérieur légitime, partait pour quelque pays qui n'avait pas encore reçu la lumière de l'évangile ; il le parcourait en apôtre, se fixait ensuite dans une ville principale de la

contrée, et devenait à la fois le pasteur et le
docteur d'une chrétienté qu'il avait formée
par ses prédications, heureux s'il pouvait en
être aussi le martyr, et déposer dans ses fondemens les restes féconds d'un sang épuisé
au service de Dieu. Ainsi se fondèrent les
églises d'Orient; ainsi les églises des Gaules.
Mais avec le temps, le ministère pastoral se
compliqua ; une multitude d'affaires vint sur-
charger les évêques, telles que l'assistance
aux conciles généraux et particuliers, les re-
lations avec l'autorité civile, les arbitrages,
le soin des domaines temporels de l'église.
Et parallèlement à cet immense développement d'action extérieure, la science catholique prenait aussi une marche progressive.
Ce n'étaient plus seulement l'écriture sainte
et la tradition orale qui en faisaient le fond,
les livres s'accumulaient par les controver-
ses. Il devenait nécessaire de connaître ce
qu'avaient écrit les docteurs précédens, les
décisions des conciles, l'histoire des hérésies,
les doctrines philosophiques passées et pré-

sentes, les antiquités chrétiennes et profanes,
enfin cet énorme ensemble de faits et de débats qui compose la science ecclésiastique.
Les difficultés de l'apostolat s'étaient pareillement accrues par les besoins du ministère
pastoral, qui, borné d'abord aux grandes
villes, avait ensuite couvert les campagnes
d'églises régulièrement constituées. Cette
vaste organisation absorbait toutes les pensées de l'évêque, dont le devoir n'était plus
d'envoyer au loin des ouvriers évangéliques,
mais d'en donner à son propre troupeau. La
division des travaux pouvait seul désormais
pourvoir aux nécessités de l'enseignement
catholique. Mais elle n'eut pas lieu tout d'un
coup par une décision *à priori*: jamais rien
ne s'est fait de la sorte dans l'église, parce
que tout s'y fait naturellement. Les ressources y naissent à côté des besoins dans une
gradation lente et presque insensible, qui est
cause que l'homme disparaît dans leur établissement, et qu'on n'y voit plus que la

main de Dieu manifestée par le mouvement général des choses et des âges.

Dès le sixième siècle, saint Benoît avait fondé la vie monastique en Occident. Son but n'avait été ni l'apostolat ni la science divine, mais la sanctification des âmes par la prière, le travail et la solitude. Cependant les papes eurent occasion de se servir des Bénédictins pour la propagation de l'évangile. C'est ainsi que saint Grégoire-le-Grand envoya en Angleterre le moine Augustin, qui la convertit au Christianisme, et érigea l'archevêché de Cantorbéry. D'un autre côté, par suite de l'invasion des Barbares, les monastères devinrent l'asile des lettres et des sciences dont ils sauvèrent les débris. Mais ces deux grands faits n'avaient pas inspiré la pensée d'appliquer les ordres religieux, par une organisation nouvelle, à l'enseignement apostolique et scientifique. On les laissa ce qu'ils étaient, sauf à se servir d'eux par exception pour un autre but que le leur.

Au commencement du treizième siècle,
l'Église d'Occident se vit menacée pour la
première fois par des hérésies sérieuses. Ce
n'étaient plus ces hérésies que l'imagination
légère et subtile des Grecs avaient opposées
à la foi catholique, erreurs de spéculation
qui n'étaient qu'une sorte de défaillance ou
de mal caduc en présence de l'infini. Dès ses
premiers pas dans le mal, le génie pratique
de l'Occident se manifesta. Il alla droit au but
en attaquant l'Église, c'est-à-dire, la société
religieuse, et depuis six cents ans, qu'il ait
eu pour organe les Vaudois, ou Wiclef, ou
Jean Hus, ou Luther, il n'a pas lâché cette
proie qu'il avait fortement saisie, et la question du treizième siècle est encore aujour-
d'hui la nôtre. Cette question sociale s'agitait
alors dans le midi de la France, soit que les
ennemis de l'Église s'y fussent rassemblés par
hasard, soit qu'ils eussent choisi à dessein
cette position. Innocent III occupait la chaire
de saint Pierre. Pasteur vigilant, il avait envoyé contre l'hérésie trois légats apostoli-

ques, tirés de ce fameux ordre de Citeaux
que saint Bernard illuminait encore du fond
de sa tombe. L'ambassade ou la mission,
comme on voudra l'appeler, était composée
de gens de bien, mais entourés de l'éclat d'une
religion victorieuse. Ce n'était pas le compte
de la providence qui savait l'avenir.

Vers la fin de l'an 1205, les légats apostoliques se trouvaient à Montpellier, las et dé-
couragés de leur peu de succès, lorsqu'un
évêque espagnol, qui retournait dans son
pays après un long voyage, vint à passer.
L'évêque alla voir les légats. On parla des
hérétiques et des difficultés de la mission
qu'on avait commencée. Sur quoi l'évêque
dit aux légats, que si l'on voulait réussir, il
fallait laisser là toute pompe extérieure, se
mettre à pied, et joindre à la prédication
l'exemple d'une vie pauvre et dure. Quelque
inattendu que fût ce conseil, il alla au cœur
de ceux à qui il était adressé. Car c'étaient
de vrais Chrétiens, et quand une âme est

chrétienne, tout accent magnanime la remue.
Il était trop visible d'ailleurs que, sur ces populations profondément blessées, qui ne ces-
saient de reprocher à l'Église sa richesse et
sa puissance, il ne restait d'autre moyen d'a-
gir que l'enseignement appuyé du spectacle
d'un dévouement sans bornes. Les légats suivirent donc le conseil que leur avait donné
don Diégo de Azebès, cet évêque espagnol ;
et, lui-même, renvoyant ses équipages en
Espagne, se joignit à eux, ainsi que d'autres
abbés de Citeaux qui arrivèrent bientôt après.
On les vit se répandre dans les villes et les
villages, allant à pied, demandant l'aumône,
prêchant, conversant, disputant, soutenus
dans leurs discours et leurs souffrances par
la vérité, qui est la mère de toute force et de
toute joie. Néanmoins, leurs succès, quoique plus grands que par le passé, ne répon-
dirent pas à leur zèle. Au bout de deux ans,
fatigués, ou rappelés par d'autres devoirs,
ils quittèrent ce sol assez vainement trempé
de leurs sueurs. Un seul homme demeura.

Cet homme, né en Espagne d'une famille illustre, avait été amené en France par l'évêque Diégo dont il était l'ami, et qui l'avait fait chanoine de sa cathédrale d'Osma : il s'appelait Dominique de Gusman.

Il est digne de remarque que la plupart des fondateurs des grands ordres religieux, bien qu'étrangers à la France, y sont venus poser les fondemens de leurs institutions. C'est ainsi que saint Colomban, auteur d'une règle monastique fort célèbre, passa d'Irlande en France, et s'établit à Luxeuil. Saint Bruno quitta les bords du Rhin pour demander aux montagnes du Dauphiné une retraite qui donna son nom aux chartreux dont il fut le père. Saint Norbert, autre allemand, obtint de l'évêque de Laon un marais où il éleva l'abbaye et l'ordre de Prémontré. Plus tard, la colline de Montmartre, au dessus de Paris, vit une troupe d'écoliers espagnols y commencer par un vœu cette compagnie de Jésus, qui s'est de là répandue par tout le monde.

Dominique, poussé en France par la même main que ses devanciers et ses successeurs, ne savait pas lui-même encore pourquoi il était venu. Bientôt, le bruit des armes entoura ses paisibles prédications. La croisade avait été publiée contre les Albigeois, et les barons chrétiens arrivaient en foule se ranger sous les bannières de leur général, le comte Simon de Montfort. « Ils commirent, en Languedoc, « sous sa conduite, dit l'abbé Godescard, des « cruautés et des injustices qu'on ne jus- « tifiera jamais; on ne punit point des crimes « par d'autres crimes. Un zèle apparent pour « la foi couvrait en plusieurs un fond secret « d'avarice, d'ambition et de vengeance (1). » Mais quel que soit le jugement qu'on porte de cette guerre, Dominique eut la gloire devant Dieu et devant les hommes de faire contre-poids au sang qui fut versé. Jamais, à côté du chevalier armé pour la défense de la foi,

(1) Vies des pères, martyrs et autres principaux saints, t. V, p. 457, en note.

et portant dans la même poitrine l'onction
du chrétien et l'âpreté de l'homme, jamais
la religion n'eut un représentant plus pur
que Dominique. L'histoire contemporaine le
montre si absent de cette guerre, si étranger
aux délibérations des chefs, aux traités des
partis, aux conciles des évêques, que le lec-
teur prévenu par tout ce qu'il a entendu dire,
en est constamment étonné. Tandis que les
légats et le comte de Montfort, loin de l'œil
d'Innocent III, outrepassaient leurs pouvoirs
et obligeaient ce pontife à protester plus tard
contre eux devant toute la chrétienté assemblée à Saint-Jean-de-Latran, Dominique plus
heureux forçait les cortès espagnoles réunies
dans l'île de Léon en 1812, de déclarer *qu'il
n'opposa jamais à l'hérésie d'autres armes que
la prière, la patience, et l'instruction* (1). Six

(1) Rapport sur le tribunal de l'inquisition avec le
projet de décret sur les tribunaux protecteurs de la
religion, présenté aux Cortès générales et extraordinaires par le comité de constitution. Cadix, 1812.

cents ans après sa mort, sa patrie déposa sur sa tombe ce glorieux témoignage.

Un écrivain protestant, M. Hurter, président du consistoire de Schaffhouse, vient d'écrire la vie d'Innocent III, et il a consacré presque tout un volume au récit de la croisade contre les Albigeois. Le nom de Dominique n'y est pas même prononcé. Ainsi, dans ce siècle destiné au redressement de tant d'erreurs accréditées, du sein de la science protestante comme du sein des cortès espagnoles, des voix impartiales ont rendu justice à l'homme que la Providence avait jeté au milieu de ces rencontres sanglantes comme un exemplaire de l'esprit chrétien (1).

La prière, la patience et l'instruction continuaient à être les seules armes de Dominique après comme avant la guerre. Il

(1) J'établirai à fond ce point d'histoire dans le chapitre qui traitera de l'inquisition.

prêchait et conférait sans cesse, insensible aux outrages dont on l'accablait jusque dans les rues, insouciant de sa vie souvent mena-cée. Un jour qu'il avait échappé à la mort, quelqu'un des hérétiques lui demandant par bravade ce qu'il eût fait s'il était tombé dans le piége : *Je vous aurais prié*, répondit-il, *de ne pas m'achever d'un seul coup, mais de me couper tous mes membres un à un, et après m'avoir laissé quelque temps baigné dans mon sang, de m'enlever la tête dernière.* Ses courses apostoliques ne l'empêchaient pas de veiller sur un monastère de jeunes filles qu'il avait fondé à Prouilly, non loin de Carcas-sonne. Car comme il eut remarqué qu'une des causes de la destruction de la foi catholi-que dans ces contrées était le mariage des demoiselles pauvres avec les hérétiques, il ne voulut pas les laisser dans cette alterna-tive de la misère et de l'apostasie, et leur ouvrit un asile à Prouilly. Il venait là quel-quefois se reposer quelques heures, et regar-dait avec amour cette maison qui fleurissait dans les horreurs de la guerre comme un nid de colombes entre les aires formidables des grands aigles.

Sept nouvelles années passèrent ainsi sur la tête de Dominique, sans lasser par leurs sueurs ce serviteur laborieux. Cependant quelques prêtres zélés s'étaient joints volontairement à lui, et lui-même parvenu au point de partage de la vie, voyant d'un côté toute sa jeunesse écoulée, et de l'autre la pente rapide qui allait emporter le reste de ses ans, il commença de songer à l'établissement d'un ordre apostolique destiné à défendre l'Eglise par la parole et par la science. On dit que sa mère le portant dans son sein, avait rêvé qu'elle mettait au monde un chien qui tenait dans sa gueule un flambeau. C'est la vive peinture d'un ordre que nul n'a surpassé dans l'éloquence et la doctrine.

Dominique s'étant affermi dans sa pensée, partit à pied, en l'année 1215, pour la communiquer au souverain Pontife, tant ce grand homme se défiait de lui-même au plus fort de sa maturité, et tant la bénédiction du Saint-Siége lui paraissait nécessaire à la solidité de tout pieux dessein. C'était toujours Innocent III qui occupait la chaire de saint Pierre. Il écouta l'homme apostolique avec peu de faveur et lui refusa son approbation. Mais la nuit, cette divine conseillère des hommes, lui apporta de meilleures pensées. Comme il était plongé dans le sommeil, il lui sembla voir l'église de Saint-Jean-de-Latran prête à tomber en ruines, et Dominique appuyé contre elle, qui en soutenait sur ses épaules les murailles chancelantes. C'est pourquoi ayant fait venir l'homme de Dieu, il lui ordonna de retourner en France auprès de ses compagnons, et de s'entendre avec eux sur la règle qu'ils voulaient suivre, lui promettant de lui donner ensuite toute satisfaction.

Jusque-là, comme nous l'avons dit, les or-

dres religieux n'avaient pas eu l'apostolat ni
la science divine pour but. C'étaient de saintes républiques, où les âmes qui avaient faim
et soif de la justice, en quelque rang qu'elles
fussent nées, allaient chercher dans la solitude, le travail, la prière et l'obéissance, des
vertus trop pures pour le monde. Le monde
les apercevait de loin, comme ces châteaux
que le voyageur qui passe dans la plaine en-
trevoit au haut des montagnes. Rarement
l'anachorète ou le cénobite prenait son bâton
pour descendre visiter les hommes. Saint
Antoine n'avait quitté qu'une fois son désert
de Kolsim, pour soutenir dans Alexandrie la
foi catholique opprimée par les empereurs.
Saint Bernard, après avoir réglé en gémis-
sant les affaires de l'Europe, se hâtait de ren-
trer à Clairvaux. Dominique, choisi de Dieu
pour donner à l'Eglise une nouvelle forme
de milice, conçut le dessein d'unir ensemble
la vie du cloître et la vie du siècle, le moine
et le prêtre, dessein chimérique, ce semble;
mais quelques vertus qu'on demande aux

hommes , il ne faut jamais désespérer d'eux.
La nature humaine n'est pas comme le Nil ,
on n'a pas découvert le plus haut point de
son élévation. Et certes , saint Vincent de
Paul fit une chose plus hardie que saint Dominique, lorsque sous le nom de Sœurs de la
Charité , il destina de jeunes filles à la libre
recherche de la misère , au soin des malades
de tout âge et de tout sexe dans le lit des hôpitaux , et que quelqu'un s'étonnant qu'il ne
leur eût pas même donné de voile , il répondit cette simple et adorable parole : *elles au-
ront leurs vertus pour voile.*

L'ordre créé par saint Dominique n'est
donc pas un ordre monastique , mais une association de *Frères* joignant la force de la vie
commune à la liberté de l'action extérieure ,
l'apostolat à la sanctification personnelle. Le
salut des âmes est son premier but , l'enseignement son moyen principal. *Allez et ense:-
gnez ,* avait dit Jésus-Christ à ses apôtres :
Allez et enseignez , répéta Dominique. Une

année de noviciat spirituel est imposée à ses
disciples, et neuf années d'études philosophiques et théologiques les préparent à paraître
dignement dans les chaires des églises ou
dans les chaires des universités. Mais quoique
la prédication et le doctorat soient leurs deux
armes favorites, néanmoins aucune œuvre
utile au prochain n'est hors de leur vocation.
Dans l'ordre de saint Dominique comme dans
la république romaine, *le salut du peuple est
la suprême loi.* C'est pourquoi, sauf les trois
vœux de pauvreté, de chasteté et d'obéissance, lien nécessaire de toute association
religieuse, les règles de l'ordre n'obligent
pas par elles-mêmes sous peine de péché, et
les supérieurs ont le droit permanent d'en
donner dispense, afin que le joug de la vie
commune ne gêne jamais la liberté du bien.

Un chef unique, sous le nom de *maître général,* gouverne tout l'ordre, qui est divisé
en provinces. Chaque province, composée de
plusieurs couvents, a à sa tête un *prieur pro-*

vincial, et chaque couvent un *prieur conventuel*. Le prieur conventuel est élu par les
frères du couvent, et confirmé par le prieur
provincial. Le prieur provincial est élu par
les prieurs conventuels de la province, assistés d'un député de chaque couvent, et il
est confirmé par le maître général. Le maître général est élu par les prieurs provin-
ciaux, assistés de deux députés de chaque
province. Ainsi l'élection est tempérée par la
nécessité de la confirmation, et à son tour
l'autorité de la hiérarchie est tempérée par
la liberté du vote. On remarque une conci-
liation analogue entre le principe de l'unité,
si nécessaire au pouvoir, et l'élément de la
multiplicité, nécessaire aussi pour une autre
raison. Car le chapitre général, qui s'assemble
tous les trois ans, fait le contre-poids du maître général, comme le chapitre provincial,
qui s'assemble tous les deux ans, fait le contre-poids du prieur provincial. Et enfin, le
commandement, tout modéré qu'il soit par
l'élection et par les assemblées, n'est confié

aux mêmes mains que pour un temps fort li-
mité, sauf le maître général, qui autrefois
était à vie, et qui aujourd'hui est élu pour
six ans. Voilà les constitutions qu'un chrétien
du treizième siècle donnait à d'autres chrétiens, et assurément toutes les chartes modernes, comparées à celle-là, paraîtraient
étrangement despotiques. Des milliers d'hommes, dispersés par toute la terre, ont vécu
six cents ans sous ce régime, unis et pacifi-
ques, les plus laborieux, les plus obéissans,
les plus libres des hommes.

Restait à savoir comment les frères pour-
voiraient à leur subsistance, et ici encore
le génie de Dominique parut tout entier. S'il
consultait les ordres religieux existans, il les
voyait possesseurs de riches domaines, dé-
gagés par là des soucis qui reportent sans
cesse vers la terre l'âme prévoyante du père
de famille. Et il est certain que pour des
corps monastiques qui ne sont pas destinés à
l'action, il est difficile de concevoir un autre

mode d'existence que la propriété. Mais Dominique créait des apôtres et non des con-
templatifs. Il entendait au dedans de lui ces
paroles du Seigneur envoyant aux nations
ses premiers apôtres : *N'ayez ni or, ni ar-*
gent, ni monnaie dans vos ceintures ; ne por-
tez pas une besace par le chemin, ni deux
tuniques, ni des chaussures, ni une baguette ;
car l'ouvrier est digne de sa nourriture ; et
cette autre parole : *Cherchez d'abord le*
royaume de Dieu et sa justice, et le reste vous
sera donné par surcroît ; et celle-ci : *Les re-*
nards ont leurs tanières et les oiseaux du
ciel leurs nids, mais le Fils de l'Homme n'a
pas où reposer sa tête ; et celle-ci de l'apôtre
saint Paul : *Vous savez que ces mains m'ont*
suffi. Pour le chrétien, et même pour l'homme
que l'orgueil n'aveugle pas, le premier des
titres est de gagner sa vie, c'est-à-dire de
donner pour recevoir. Quiconque reçoit sans
donner est en dehors de la loi d'amour et de
sacrifice par laquelle les êtres s'engendrent,
se conservent et se perpétuent ; et, au con-

traire, celui qui donne beaucoup et qui reçoit peu, tel que le soldat, fait manifestement
honneur à l'humanité, parce qu'il est plus
près de ressembler à Dieu, qui donne tout et
ne reçoit rien. Gagner sa vie, la gagner au
jour le jour, donner en échange de son pain
quotidien la parole et l'exemple évangéliques
constamment reproduits, c'était la pensée
qui séduisait Dominique. Il remarquait encore un autre avantage à se priver du droit
commun de posséder. Lorsqu'un ordre religieux n'a pas de revenus assurés, il est dans
une dépendance étroite de l'opinion publique, il ne vit qu'autant qu'il est utile ; il est
à la solde du peuple, qui ne paie jamais volontairement que ceux dont il est bien servi. Un
couvent perd-il l'estime, il est à l'instant
frappé de mort sans bruit et sans révolutions.
Dominique se déclara donc *mendiant*, lui et
les siens, dans le premier chapitre général,
tenu à Bologne en 1220 ; il crut à la vertu de
ses successeurs comme à l'équité du peuple
chrétien, et légua sans crainte aux généra-

tions futures cette perpétuelle substitution d'un dévouement réciproque. On y fut fidèle de part et d'autre durant deux cent cinquante ans : de quelque côté qu'ait été la faute, le pape Sixte IV, sur la fin du quinzième siècle, permit à l'ordre d'acquérir et de posséder.

Cependant Dominique n'était pas encore retourné à Rome pour y porter ses constitutions, et réclamer l'approbation que le souverain Pontife lui avait promise, lorsque celui-ci, qui était encore Innocent III, eut occasion de lui écrire. Ayant fait venir un secrétaire, il lui dit : *Asseyez-vous, et écrivez sur telles choses au Frère Dominique et à ses compagnons.* Et s'arrêtant un peu, il dit : *N'écrivez pas en cette manière, mais comme ceci, au Frère Dominique et à ceux qui prêchent avec lui dans le pays de Toulouse.* Et réfléchissant de nouveau, il dit : *Écrivez de la sorte, à Maître Dominique et aux Frères Prêcheurs.* Ce fut en cette façon que l'Esprit

saint dicta le nom que devait porter le nouvel ordre, et qu'on commença de lui donner
à Rome et ailleurs.

Enfin, l'an du Seigneur 1216, le 22 décem-
bre, le lendemain de la fête de l'apôtre saint
Thomas, l'ordre des Frères Prêcheurs fut
approuvé à Rome, au palais de Sainte-Sabine,
par le pape Honorius III, dans deux bulles
dont la plus courte est ainsi conçue : « Hono-
« rius, évêque, serviteur des serviteurs de
« Dieu, à notre cher fils Frère Dominique,
« prieur de Saint-Romain de Toulouse, et à
« vos Frères qui ont fait et feront profession
« de la vie régulière, salut et bénédiction
« apostolique. Nous, considérant que les
« Frères de votre ordre seront les champions
« de la foi et de vraies lumières du monde,
« nous confirmons votre ordre avec toutes
« ses terres et possessions présentes et à ve-
« nir (1), et nous prenons sous notre gouver-

(1) Saint Dominique ne renonça qu'en 1220 au droit
de posséder.

« nement et notre protection l'ordre lui-
« même, ses possessions et ses droits. Donné
« à Rome, près de Sainte-Sabine, le onzième
« des calendes de janvier, première année
« de notre pontificat. »

Cinq ans après, en 1221, le 6 du mois
d'août, Dominique mourut, laissant son ordre partagé en huit provinces, qui renfer-
maient soixante maisons. Il mourut à cinquante et un ans.

C'est ainsi qu'eut lieu dans l'Église catholique la division des trois grandes branches
de l'enseignement. Les évêques, avec leur
clergé, demeurèrent chargés de l'enseignement pastoral et de toutes les fonctions qui
s'y rattachent : les ordres religieux devinrent les ministres ordinaires de l'apostolat et
de la science divine sous la juridiction de
l'épiscopat. Aux Frères Prêcheurs se joigni-
rent bientôt les Frères Mineurs de Saint-
François, que suivirent plus tard d'autres

congrégations, selon les temps et les besoins.
L'histoire a raconté leurs travaux. Des hérésies formidables s'élevèrent, des mondes
nouveaux se découvrirent : mais, dans les
régions de la pensée comme sur les flots de
la mer, nul navigateur ne put aller si loin
que le dévouement ou la doctrine des ordres
religieux. Tous les rivages ont gardé la trace
de leur sang, et tous les échos le son de leur
voix. L'Indien, poursuivi comme une bête
fauve, a trouvé un asile sous leur froc; le
nègre a encore sur son cou la marque de
leurs embrassemens; le Japonais et le Chinois, séparés du reste de la terre par la cou-
tume et l'orgueil encore plus que par le
chemin, se sont assis pour entendre ces
merveilleux étrangers; le Gange les a vus
communiquer aux parias la sagesse divine;
les ruines de Babylone leur ont prêté une
pierre pour se reposer et songer un moment, en s'essuyant le front, aux jours anciens. Quels sables ou quelles forêts les ont
ignorés? Quelle langue est-ce qu'ils n'ont

pas parlée? Quelle plaie de l'âme ou du corps
n'a senti leur main? Et pendant qu'ils faisaient et refaisaient le tour du monde sous
tous les pavillons, leurs frères portaient la
parole dans les conciles et sur les places publiques de l'Europe ; ils écrivaient de Dieu,
en mêlant le génie des Pères de l'Eglise à
celui d'Aristote et de Platon, le pinceau à la
plume, le ciseau du sculpteur au compas de
l'architecte, élevant sous toutes les formes
ces fameuses *sommes théologiques*, diverses
par leurs matériaux, uniques par la pensée,
que notre siècle se reprend à lire et à aimer.
De quelque côté que l'on regarde, les ordres
religieux ont rempli de leur action les six
derniers siècles de l'Église, et sauvé sa puissance en butte à des événemens que l'épiscopat tout seul n'aurait pas conjurés.

Mais ce n'est pas seulement l'histoire qui
témoigne de cette nécessité des ordres religieux ; il suffit de regarder autour de soi
pour s'en convaincre. Quelles ressources pos-

sède aujourd'hui l'église de France pour former les prédicateurs et les docteurs dont elle a besoin? Si rare talent qu'un jeune homme ait reçu de Dieu, y a-t-il en France un évêque qui puisse lui donner du temps, le temps qui est le père nourricier de tout progrès? A peine sorti du séminaire, le besoin de sa subsistance le jette dans une paroisse, où il devient ce qu'il peut, tourmenté par de secrets instincts de sa vraie vocation, incertain entre ce qu'il fait et ce qu'il voudrait faire, jusqu'au jour où la maturité survenue lui enseigne la résignation parfaite à la volonté de Dieu, et où il ne songe plus qu'aux bonnes œuvres qui sont en son pouvoir. Si, au contraire, il s'abandonne à son attrait, attrait peu sûr d'ailleurs, s'il sort de la voie commune, à l'instant commence pour lui une carrière hérissée de difficultés. Le besoin l'oblige à se produire beaucoup trop jeune ; il n'a point de maîtres pour le former et l'encourager. Un revers l'abat, un succès lui fait des envieux. La mélancolie et la présomption se le renvoient l'une à l'autre comme un enfant qui n'a point de famille, et qui tantôt se met à courir à travers les illuminations des boutiques, tantôt s'arrête triste au coin d'une rue pour entendre si personne ne prononce son nom.

Combien mène une autre vie le jeune homme sincère qui a donné à Dieu dans un ordre religieux son cœur et son talent! Il est pauvre, mais la pauvreté le met à l'abri de la misère. La misère est un châtiment, la pauvreté une bénédiction. Il est soumis à une règle assez dure pour le corps, mais il acquiert en revanche une grande liberté d'esprit. Il a des maîtres qui l'ont précédé dans la carrière, et qui ne sont point ses rivaux. Il paraît à temps, lorsque sa pensée est mûrie sans avoir encore perdu la surabondance de la jeunesse. Ses revers sont consolés; ses succès préservés de l'orgueil qui flétrit toute gloire. Il coule comme un fleuve qui aime ses rives, et qui n'est point inquiet de son cours. Que de fois

dans les rudes années qui viennent de s'écou-
ler pour nous, nous avons habité en désir ces
forteresses paisibles, qui ont calmé tant de
passions et protégé tant de vies! Aujourd'hui
que nous avons passé l'âge des tempêtes, c'est
moins à nous qu'aux autres que nous voulons
préparer un asile. Notre existence est faite,
nous avons touché le rivage : ceux que nous
laissons en pleine mer sous des vents moins
favorables que les nôtres, ceux-là compren-
dront nos vœux, et peut-être y répondront.

Si l'on nous demande pourquoi nous avons
choisi de préférence l'ordre des Frères Prêcheurs, nous répondrons que c'est celui qui
va le mieux à notre nature, à notre esprit,
à notre but : à notre nature, par son gouvernement ; à notre esprit, par ses doctrines ; à
notre but, par ses moyens d'action, qui sont
principalement la prédication et la science
divine. Nous n'entendons pas, du reste,
faire de ce choix un reproche à aucun autre
ordre ; nous les estimons tous, et avons pré-

sente à l'esprit cette lettre du pape Clément IV
à un chevalier qui l'avait consulté pour savoir
s'il devait prendre l'habit des Frères Prêcheurs
ou celui des Frères Mineurs : « Clément,
« évêque, serviteur des serviteurs de Dieu,
« à notre cher fils, chevalier, salut et béné-
« diction apostolique. Vous nous demandez
« un conseil que vous pouviez aussi bien pui-
« ser en vous-même. Car si le Seigneur vous
« a inspiré de quitter le siècle pour mener
« une vie meilleure, nous ne voulons ni ne
« pouvons mettre obstacle à l'esprit de Dieu,
« considérant surtout que vous avez un fils
« bien élevé, comme nous le croyons, et qui
« saura pourvoir à votre maison. Que si, per-
« sévérant dans votre dessein, vous nous de-
« mandez lequel de l'ordre des Frères Prê-
« cheurs ou de l'ordre des Frères Mineurs
« vous devez choisir, nous laissons cela à
« votre conscience. Car vous pouvez connaî-
« tre par vous-même les observances des
« deux ordres, qui ne sont pas égales en tou-
« tes choses, et qui en divers points se sur-

« passent l'une l'autre. En effet, dans l'un de
« ces ordres, le lit est plus dur, la nudité
« plus incommode, et, à ce que pensent
« quelques uns, la pauvreté plus profonde;
« mais chez l'autre, la nourriture est plus
« frugale, les jeûnes plus longs, et, à ce que
« plusieurs se persuadent, la discipline plus
« sainte. Nous n'aimons donc pas l'un de pré-
« férence à l'autre, mais nous croyons que
« tous les deux, fondés sur une stricte pau-
« vreté, tendent au même but, qui est le
« salut des âmes. C'est pourquoi, que vous
« embrassiez celui-ci ou celui-là, vous pren-
« drez la voie étroite, et vous entrerez par
« la petite porte dans la terre du miel et de
« l'espace. Pesez donc attentivement, exami-
« nez avec soin quel est celui qui plaît le mieux
« à votre esprit, et où vous espérez mieux
« faire, et attachez-vous à lui de manière à ne
« pas retirer votre amour à l'autre. Car le
« Frère Prêcheur qui n'aime pas les Mineurs
« est exécrable, et le Frère Mineur qui hait ou
« méprise l'ordre des Prêcheurs est exécrable

« et damnable. Donné à Pérouse , le 13 des
« calendes de mai , la seconde année de notre
« pontificat. »

Ces sentimens du pape Clément IV sont
les nôtres. Nous avons choisi l'ordre qui *plaît
le mieux à notre esprit, et où nous espérons
mieux faire,* sans retirer à aucun l'amour et
le respect que nous devons à tous.

On nous demandera peut-être encore pourquoi nous avons préféré rétablir un ordre ancien plutôt que d'en fonder un nouveau. Nous
répondrons deux choses : premièrement , la
grâce d'être fondateur d'ordre est la plus
haute et la plus rare que Dieu accorde à ses
saints, et nous ne l'avons pas reçue. En second lieu , si Dieu nous accordait la puissance
de créer un ordre religieux , nous sommes
sûr qu'après beaucoup de réflexions nous ne
découvririons rien de plus nouveau , de plus
adapté à notre temps et à ses besoins, que la
règle de saint Dominique. Elle n'a d'ancien

que son histoire, et nous ne verrions pas la nécessité de nous mettre l'esprit à la torture pour le seul plaisir de dater d'hier. Saint Dominique, saint François d'Assise et saint Ignace, en appliquant l'institut religieux à la propagation de l'Évangile par l'enseignement, ont épuisé toutes les combinaisons fondamentales de cette transformation. On changera les habits et les noms, on ne changera pas la nature réelle de ces trois fameuses sociétés. Si l'histoire des Frères Prêcheurs est sujette à des objections dans l'esprit de nos contemporains, il en est de même de l'histoire générale de l'Église. Il suffit de traverser deux époques pour être atteint par ces sortes d'objections, et ce qui ne dure pas demandera toujours compte à ce qui dure d'une foule de choses auxquelles la meilleure réponse sera de continuer à durer. Car on ne continue à durer que par des modifications sourdes qui laissent le passé dans le passé, et vont à l'avenir par l'harmonie avec le présent. Il en est de l'Église et des ordres reli-

gieux comme de tous les corps vivans, qui
conservent une immuable identité, tout en
subissant, par le progrès même de la vie, un
mouvement qui les renouvelle sans cesse.
L'Église d'aujourd'hui est identiquement la
même que celle du moyen âge par sa hiérarchie, ses dogmes, son culte, sa morale; cependant quelle différence! Il en est de même
des ordres religieux, et, en particulier, de
l'ordre des Frères Prêcheurs : objecter le
passé à qui que ce soit, c'est objecter à
l'homme son berceau, la vie à la vie.

CHAPITRE III.

Travaux des Frères Prêcheurs comme prédicateurs. Leurs missions dans l'ancien et le nouveau monde.

—

L'éloquence étant le plus difficile de tous les arts, et la prédication étant de tous les genres d'éloquence le plus élevé, ce n'est pas un petit phénomène que de voir un seul homme susciter tout-à-coup une armée de prédicateurs qui, de l'Espagne à la Moscovie, de la Suède à la Perse, ébranlent les populations. Pour s'expliquer ce fait mer-

veilleux , il suffit de réfléchir que l'éloquence
est fille de la passion. Créez une passion dans
une âme , et l'éloquence en jaillira par flots :
l'éloquence est le son que rend une âme passionnée. Aussi dans les temps d'agitation publique, lorsque les peuples sont remués par de
grands intérêts, les orateurs naissent en foule,
et quiconque a aimé violemment quelque
chose dans sa vie a été immanquablement éloquent, ne fût-ce qu'une fois. Saint Dominique,
pour mettre au monde des légions de prédicateurs , n'avait donc pas eu besoin de fonder
des écoles de rhétorique , il lui suffisait d'a-
voir frappé juste au cœur de son siècle, et d'y
avoir trouvé ou fait naître une passion.

Au treizième siècle , la foi était profonde ;
l'Église régnait encore sur la société qu'elle
avait conquise. Cependant la raison euro-
péenne , lentement travaillée par le temps et
par le Christianisme , touchait à la crise de
l'adolescence. Ce qu'Innocent III avait vu de
son lit, dans un songe, c'est-à-dire, l'Église

chancelante, saint Dominique le révéla à
toute la terre ; et lorsque toute la terre la
croyait reine et maîtresse, il déclara qu'il ne
fallait pas moins pour la sauver que la résurrection de l'apostolat primitif. On répondit à saint Dominique comme on avait répondu à Pierre-l'Ermite ; on se fit Frère
Prêcheur comme on s'était fait croisé. Toutes les universités de l'Europe fournirent leur
contingent en maîtres et en écoliers. Frère
Jourdain de Saxe, deuxième général de l'ordre, donna l'habit à plus de mille hommes
que, pour sa seule part, il avait gagnés à ce
nouveau genre de vie. On disait de lui : *N'allez pas aux sermons de Frère Jourdain, car
c'est une courtisane qui prend les hommes.*
En un moment, ou, pour parler sans figure,
car la vérité est ici au dessus de la figure, en
cinq années, saint Dominique, qui avant la
bulle d'Honorius n'avait que seize collabora-
teurs, huit Français, sept Espagnols et un
Anglais, fonda soixante couvens peuplés
d'homme d'élite et d'une jeunesse florissante...

Comment leur parole eût-elle été froide à
ces hommes qu'avait émus et réunis la seule
idée de l'apostolat antique? Comment ces
savans qui abandonnaient leurs chaires pour
devenir novices dans un ordre sans fortune
et sans gloire n'auraient-ils pas créé sur
leurs lèvres des expressions égales à leur dévouement? Comment la jeunesse des universités qui s'était jetée, sans y regarder, dans
les hasards de cette chevalerie de l'Évangile,
eût-elle perdu sous le froc l'ardeur de ses années, l'entraînement de sa conviction? Quand
une fois les âmes généreuses dispersées et
enfouies au fond d'un siècle se sont rencon-
trées et manifestées, elles portent dans leur
effusion la force qui les a ravies à leur re-
pos. En tout temps ces âmes existent; en
tout temps l'humanité les recèle dans son
sein profond, glorieux contre-poids qu'elle
oppose à la dégradation dont le ferment l'a-
gite aussi, et, selon que l'un ou l'autre élément prévaut dans le monde, le destin d'une
époque se décide, illustre ou indigne. Or,

saint Dominique avait fait pencher la balance
du côté magnanime : ses disciples n'étaient
autre chose que la bonne portion de la nature
humaine en ces temps-là qui triomphait tout-
à-coup. Tous, comme leur maître, dans un
moment où l'Église était riche, voulaient être
pauvres, et pauvres jusqu'à la mendicité.
Tous, comme lui, dans un moment où l'É-
glise était souveraine, ne voulaient devoir
leur influence qu'à la soumission volontaire
des esprits à leurs vertus. Ils ne disaient pas
comme les hérétiques : Il faut dépouiller l'É-
glise ; mais la dépouillant dans leurs personnes, ils la montraient aux peuples avec sa
nudité originelle. En un mot, ils aimaient
Dieu, ils l'aimaient vraiment, ils l'aimaient
par dessus toutes choses ; ils aimaient le prochain comme eux-mêmes et plus qu'eux-
mêmes : ils avaient reçu à la poitrine la
large blessure qui a rendu tous les saints
éloquens.

Outre ce mérite d'une âme passionnée,

sans lequel nul orateur n'exista jamais, les
Frères Prêcheurs eurent de plus une grande
habileté à saisir le genre de prédication qui
convenait à leur temps.

La vérité est une sans doute, et dans le
ciel son langage est un comme elle-même.
Mais ici-bas elle parle des langues diverses,
selon la disposition des esprits qu'elle veut
persuader. Elle ne parle pas à l'enfant comme
à l'homme fait, aux barbares comme aux
peuples civilisés, à un siècle rationaliste
comme à un siècle plein de foi; et pour
mieux en entendre la raison, il faut remar-
quer deux points principaux dans les intelligences : l'un par où elles s'éloignent de la
vérité, l'autre par où elles y tiennent encore,
si faiblement que ce soit. Ces deux points
varient d'esprit à esprit. Cependant à chaque
époque caractéristique de la vie des hommes
et de la vie des peuples, c'est à peu près par
les mêmes endroits que les intelligences
s'écartent et s'approchent de la vérité. Un

mouvement commun les emporte, et leur fait subir des révolutions semblables. Or, de même que le navigateur doit connaître la position variable de la terre par rapport au ciel, quiconque a mission de répandre la vérité doit savoir quel est le pôle que l'esprit humain penche vers Dieu, quel est celui qu'il en détourne, quelle est, dans cette situation commune, l'inclinaison particulière de chaque intelligence. Autrement la vérité y tombe à faux, et n'y produit rien.

Après avoir exposé les deux causes principales du succès des Frères Prêcheurs dans leurs travaux apostoliques, je voudrais donner quelque idée de l'immensité de ces travaux. Les faire connaître un à un serait impossible; un mémoire n'est pas une histoire. Je me bornerai donc à en présenter le cadre ou la circonférence, comme un voyageur qui veut juger d'un coup d'œil l'étendue d'un pays, tâche d'en embrasser de haut les horizons les plus lointains.

L'apostolat des Frères Prêcheurs a deux
horizons. L'un s'arrête aux limites du monde
ancien ; l'autre s'étend, avec la découverte
des Indes et des Amériques , jusqu'aux extrémités du monde nouveau. Le moment où
l'un de ces points de vue finit et où l'autre
commence , partage leur durée en deux
phases égales, chacune de trois siècles pleins.

Pendant la première période, de la naissance du treizième à la naissance du seizième
siècle, voici les grandes lignes qui circonscri-
vent l'action des Frères Prêcheurs. Au midi ,
les missions chez les Maures et les Arabes ,
possesseurs d'une grande partie de l'Espagne,
maîtres de l'Afrique , menaçant l'Europe de
leurs armes , et la corrompant par l'infiltra-
tion de l'islamisme. En Orient , les missions
chez les Grecs , séparés de l'Église par un
schisme qu'on ne croyait pas alors irrémé-
diable , et chez les Tartares , qui , pendant le
treizième et le quatorzième siècle , tenaient
l'Europe en alarmes au bruit de leurs expé-

ditions. En Orient encore, les missions de
Perse, d'Arménie, des bords de la mer
Noire et du Danube. Au nord, les missions
en Irlande, en Écosse, en Danemarck, en
Suède, en Prusse, en Pologne, dans les
Russies, nations à qui la vraie foi avait déjà
été portée, mais qui, plus ou moins récemment converties, gardaient dans leur sein
une foule d'infidèles et un reste confus de
leurs anciennes superstitions. Le Groënland
même vit arriver les Frères Prêcheurs sur les
premiers vaisseaux que les vents y poussè-
rent, et au commencement du dix-septième
siècle les Hollandais furent étonnés d'y dé-
couvrir un couvent dominicain dont la fonda-
tion remontait au moyen âge, et dont le
capitaine Nicolas Zani avait déjà signalé
l'existence en 1380. Le nombre des missionnaires que les Frères Prêcheurs entretinrent
dans ces diverses contrées durant trois siècles
surpasse tout ce qu'on pourrait croire.

Innocent IV leur écrivait en ces termes,

le **23** juillet **1253** : « A nos chers fils les Frè-
« res Prêcheurs qui prêchent dans les terres
« des Sarrasins, des Grecs, des Bulgares,
« des Cumans, des Éthiopiens, des Syriens,
« des Goths, des Jacobites, des Arméniens,
« des Indiens, des Tartares, des Hongrois
« et autres nations infidèles de l'Orient, salut
« et bénédiction apostolique, etc. »

On fut obligé de créer dans l'ordre une
congrégation particulière de *religieux voyageurs pour Jésus-Christ chez les infidèles*, et
le pape Jean **XXII**, en **1325**, ayant donné à
tous les Frères la permission générale d'en
faire partie, il s'en présenta une si grande
multitude, que le souverain Pontife ne put
en contenir son étonnement, et que, de peur
de dépeupler les couvens d'Europe, il restrei-
gnit la faculté qu'il avait d'abord accordée
sans limites. C'était le même spectacle qu'on
avait vu dès le chapitre général tenu à Paris
en **1222**, lorsque le bienheureux Jourdain de
Saxe ayant demandé à ses frères qui d'entre

eux voulait partir pour les missions étran-
gères, tous, hormis quelques vieillards cas-
sés par l'âge, tombèrent à genoux et s'écriè-
rent avec larmes : *Père, envoyez-moi !*

Il suffit de parcourir les chroniques de
l'ordre pour y rencontrer à chaque pas des
faits semblables, qui témoignent d'une acti-
vité et d'un dévouement prodigieux. Et ces
apôtres envoyés à toutes les nations alors
connues n'étaient pas seulement des hommes d'une foi ardente, mais des hommes instruits, qui connaissaient les langues,
les usages et la religion des peuples qu'ils se
proposaient d'évangéliser. Saint Raymond
de Pennafort, cinquième maître général, de
concert avec les rois d'Aragon et de Castille,
avait fondé à Murcie et à Tunis deux colléges
pour l'étude des langues orientales. Saint
Thomas d'Aquin, sur l'invitation du même
maître général, avait écrit sa célèbre *Somme
contre les nations.* Frère Accold de Florence

publiait sur les erreurs des Arabes un traité
dans leur langue ; frère Raymond Martin, une
Somme spéciale contre le Koran.

Le passage du cloître aux voyages, des
voyages au cloître, donnait aux Frères
Prêcheurs un caractère particulier et merveilleux. Savans, solitaires, aventuriers, ils
portaient dans toute leur personne le sceau
de l'homme qui a tout vu du côté de Dieu et
du côté de la terre. Ce Frère que vous ren-
contriez cheminant à pied sur quelque route
triviale de votre pays, il avait campé chez les
Tartares, le long des fleuves de la Haute-
Asie ; il avait habité un couvent de l'Arménie, au pied du mont Ararat ; il avait prêché
dans la capitale du royaume de Fez ou de
Maroc ; il allait maintenant en Scandinavie,
peut-être de là dans la Russie Rouge : il avait
bien des rosaires à dire avant d'être arrivé.
Si, comme l'eunuque des Actes des apôtres,
vous lui donniez occasion de vous parler de

Dieu, vous sentiez s'ouvrir un autre abîme,
le trésor des *choses anciennes et nouvelles*
dont parle l'Écriture, le cœur formé dans la
solitude; et, à une certaine éloquence inimi-
table tombant de cette âme dans la vôtre,
vous compreniez que le plus grand bonheur
de l'homme terrestre est de rencontrer une
fois dans sa vie un véritable homme de Dieu.
Rarement ces *Frères pérégrinans*, comme on
les appelait, revenaient mourir au couvent
natal qui avait reçu leurs premières larmes d'amour. Beaucoup, épuisés de fatigues,
s'endormaient loin de leurs frères; beaucoup
finissaient par le martyre. Car ce n'étaient
pas de faciles disciples que les Arabes, les
Tartares et les hommes du Nord, et tout
Frère en partant avait fait le sacrifice de sa
vie. Même en pleine chrétienté la mort sanglante fut souvent leur partage, tant les hérésies et les passions, qu'ils combattaient aussi
de toutes leurs forces, avaient alors d'énergie.

Si l'on nous demande les noms de ces pré-

dicateurs qui ont rempli trois siècles de leur
parole, nous ne pourrons pas les dire : ils
existent dans le sépulcre des chroniques,
mais les prononcer ne serait pas les faire re-
vivre. Voilà le sort de l'orateur. Cet homme
qui a ravi des multitudes descend avec elles
dans un même silence. En vain la postérité
fait effort pour entendre sa voix et celle du
peuple qui l'applaudissait ; l'une et l'autre
vont s'évanouissant dans le temps comme le
son s'évanouit dans l'espace. L'orateur et
l'auditoire sont deux frères qui naissent et
meurent le même jour, et l'on peut appliquer à toute la destinée qui les lie, ce que Ci-
céron disait dans un autre sens très profond :
*Il n'y a pas de grand orateur sans la multitude
qui l'écoute.*

Toutefois je citerai quelques uns des noms
le mieux préservés de l'oubli.

C'était saint Hyacinthe, l'apôtre du Nord
au treizième siècle, qui prêcha Jésus-Christ

dans la Pologne, la Bohême, la Grande et la
Petite-Russie, la Livonie, la Suède, le Danemarck, sur les rivages de la mer Noire, dans
les îles de l'archipel grec, le long des côtes
de l'Asie-Mineure, et dont on pouvait suivre
la marche aux couvents qu'il semait sur sa
route.

C'était saint Pierre de Vérone, tombé sous
le fer des assassins après une longue carrière
apostolique, et écrivant sur le sable avec le
sang de ses blessures les premières paroles
du Symbole des apôtres : *Je crois en Dieu.*

C'étaient Jean de Vicence et saint Am-
broise de Sienne, tous deux recevant leurs
noms des peuples où ils avaient exercé un
empire plus que souverain.

C'était Henri Suso, cet aimable jeune
homme de Souabe au quatorzième siècle,
dont la prédication avait un tel succès, que
sa tête fut mise à prix. Traité de novateur,

7

d'hérétique, de visionnaire, d'homme in-
fâme, il se contenta de répondre à ceux qui
l'engageaient à demander justice aux magistrats : « Je suivrais votre conseil si les mau-
vais traitemens qu'on fait au prédicateur
empêchaient le fruit de la prédication. »

A la même époque, Frère Jean Taulère
était applaudi dans Cologne et dans toute
l'Allemagne. Mais après avoir brillé dans la
chaire pendant plusieurs années, il en descendit tout-à-coup, et se retira dans sa cellule, laissant le peuple étonné de sa dispari-
tion. Or, un inconnu était venu le trouver au
sortir d'un de ses discours, et lui avait demandé la permission de lui dire à lui-même
ce qu'il pensait de lui. Taulère la lui ayant
accordée, l'inconnu lui dit : « Il y a encore
dans votre nature un orgueil secret ; vous
vous confiez à votre grande science et à votre
titre de docteur ; vous ne cherchez pas Dieu
avec une intention pure, ni seulement sa
gloire dans l'étude des lettres ; mais vous

vous cherchez vous-même dans la faveur
passagère des créatures. C'est pourquoi le
vin de la doctrine céleste et de la parole divine, quoique pur et excellent par lui-même,
perd de sa force en passant par votre cœur,
et il tombe sans saveur et sans grâce dans
l'âme qui aime Dieu (1). » Taulère était assez
grand pour entendre ce langage, et nul assurément ne le lui aurait tenu s'il n'avait été
digne de l'entendre. Il se tut. La vanité de sa
vie présente lui apparaissait. Retiré de tout
commerce pendant deux ans, il s'abstint de
prêcher et d'entendre les confessions, assidu
le jour et la nuit à tous les offices du couvent,
et passant le reste du temps dans sa cellule à
pleurer ses péchés et à étudier Jésus-Christ.
Au bout de deux ans, Cologne apprit que
le docteur Taulère prêcherait de nouveau.
Toute la ville se rendit à l'église, curieuse
de pénétrer le mystère d'une retraite qui

(1) Histoire de la vie du sublime et illuminé théologien Jean Taulère, par Surius, p. 6.

avait été fort diversement interprétée. Mais arrivé en chaire, Taulère fit de vains efforts pour parler ; il ne put tirer de son cœur autre chose que des larmes. Ce n'était plus seulement un orateur, c'était un saint.

Je nommerai encore saint Vincent Ferrier, qui, au quinzième siècle, évangélisa l'Espagne, la France, l'Italie, l'Allemagne, les royaumes d'Angleterre, d'Écosse et d'Irlande, et parvint à un si haut degré d'estime, qu'il fut choisi parmi les arbitres qui décidèrent de la succession au trône d'Aragon, et que le concile de Constance lui envoya des députés pour le supplier de venir s'asseoir dans son sein. Et ce Jérôme Savonarole, l'ami constant des Français en Italie, l'idole de Florence, dont il défendit les libertés et voulut réformer les mœurs, vainement brûlé vif au milieu d'un peuple ingrat, puisque sa vertu et sa gloire s'élevèrent plus haut que les flammes du bûcher. Le pape Paul III déclara *qu'il regarderait comme suspect d'héré-*

sic quiconque oserait en accuser Savonarole ;
et saint Philippe de Néri conserva toujours
dans sa chambre l'image de ce grand
homme.

Sur la fin du quinzième siècle, un théâtre
nouveau s'ouvrit à l'ambition des Frères Prêcheurs par la découverte des deux Indes, et
il ne faut pas oublier de dire que la moitié de
cette découverte leur est due. Car, après que
Christophe Colomb eut essuyé les rebuts des
cours de Portugal, d'Angleterre et de Cas·
tille, ce fut un Dominicain, Frère Diégo Déza,
précepteur de l'infant don Juan de Castille
et confesseur de Ferdinand - le - Catholique,
qui affermit dans son dessein l'illustre Gé-
nois et lui promit le succès. En effet, dans le
temps que Ferdinand achevait la conquête
du royaume de Grenade, en 1492, Diégo
obtint de lui qu'on équiperait trois vaisseaux
dont le commandement serait donné à Christophe Colomb, et ce fut du haut de cette
flotte que l'heureux navigateur aperçut pour

la première fois la terre que son génie lui avait révélée.

A peine le bruit de ces nouveaux mondes eut-il frappé l'oreille de l'Europe, qu'une foule d'hommes apostoliques s'élancèrent sur les traces des conquérans.

Dès 1503, douze Frères Prêcheurs partent pour les Indes orientales.

En 1510, d'autres arrivent à l'île de Saint-Domingue.

En 1513, Frère Thomas Ortitz fonde au Mexique le premier couvent Dominicain.

En 1526, douze Frères Prêcheurs se répandent dans toute la Nouvelle-Espagne, et y bâtissent cent maisons et couvens.

En 1529, quatorze Frères Prêcheurs descendent au Pérou, ayant parmi eux le fameux Barthélemy de Las Casas, qui avait pris l'habit de saint Dominique.

En 1540, il y avait dans la Nouvelle-Grenade treize couvens et soixante maisons avec église.

En 1541, le Chili possédait quarante maisons et couvens.

En 1542, les Florides sont évangélisées par Frère Louis Cancéri.

En 1549, on comptait dans la presqu'île de Malaca et dans les îles voisines dix-huit couvens et soixante mille chrétiens.

En 1550, les Dominicains fondent une université à Lima.

En 1556, ils entrent dans le royaume de Siam, et Frère Gaspard de la Croix a la gloire de mettre le pied à la Chine où nul missionnaire ne l'avait précédé.

En 1575, Frère Michel Bénavidès pénètre aussi en Chine avec deux compagnons, et y élève la première église catholique sous l'invocation de l'archange Gabriel. Il fait un travail sur la lange chinoise, et crée un collége pour l'éducation des enfans dans la religion chrétienne.

En 1576, vingt-cinq Frères Prêcheurs se mettent en route pour les îles Philippines, dont l'un d'eux, Frère Dominique Salazar, devient le premier évêque.

En 1584, les Dominicains évangélisent l'île de Mozambique et la côte orientale de l'Afrique.

En 1602, ils ont une maison au Japon.

En 1616, ils érigent une université à Manille (1).

Toutes ces missions, et beaucoup d'autres dont l'énumération serait fatigante, furent arrosées du sang le plus pur et le plus géné-

(1) Ces faits et ces dates sont tirés des *Monumenta Dominicana*, par le père Vincent-Marie Fontana.

reux. Il y avait alors entre les deux mondes une lutte à qui répandrait le plus largement le sang Dominicain. Les protestans le versaient par flots en Europe ; l'Amérique, l'Asie et l'Afrique l'offraient en sacrifice à d'autres erreurs : jamais l'ordre de saint Dominique n'avait présenté un si grand spectacle. Qui l'eût vu d'en haut et d'un seul regard, comme Dieu, n'eût pas cru possible qu'un si petit nombre d'hommes pût parler tant de langues, occuper tant de lieux, diriger tant d'affaires et donner tant de sang. Mais ce qui porta leur gloire plus loin que tout le reste fut leur courageuse résistance aux oppresseurs des indigènes de l'Amérique. Cette terre tranquille, qui avait reçu avec tant de naïveté les premiers vaisseaux de l'Europe, ne tarda pas à être inondée d'une race d'hommes qui se disaient Espagnols et chrétiens, mais que personne n'aurait pu en croire sur parole. Ils traitèrent l'Amérique et ses habitans comme un tigre qui est tombé sur une proie. Quatre traits de plume sur

une carte géographique donnaient au premier venu un morceau de terre américaine
avec les Indiens qui en étaient possesseurs.
Leur possession devenait le titre de leur servitude, si l'on peut appeler servitude un travail où la vie de l'esclave ne semblait plus
même une *chose*, tant on la ménageait peu.
Les conquérans croyaient avoir découvert
d'inépuisables mines d'or et d'hommes. Ils
tuaient un Indien sans y penser. Lorsqu'ils
s'aperçurent que le nombre en diminuait, ils
allèrent à leur chasse avec des meutes de
chiens. L'Indien libre encore était une pièce
de gibier; esclave, il n'était pas même un
animal domestique. Bientôt le sang versé
simplement finit par ennuyer ces hommes :
ils le versèrent avec des circonstances amu-
santes. Ils ouvraient le ventre aux femmes
enceintes, faisaient des gageures à qui fen-
drait le plus adroitement un Indien en deux,
arrachaient les enfans des mamelles de leur
mère et leur brisaient la tête contre un mur,
ou bien ils les jetaient à la rivière, en leur

disant : *Nage, mon petit, nage.* Enfin quelque
chose qui semblait un remords les prit. Ils
eurent un jour la pensée que peut-être ils
avaient besoin de se justifier, et ils écrivirent
la théorie de leurs actions. Selon eux, le
Dieu tout-puissant, maître du ciel et de la
terre, leur avait donné l'Amérique, vu la supériorité d'eux, Espagnols, sur les Indiens.
De plus, Jésus-Christ la leur avait donnée
par leur baptême ; et comme on pouvait leur
objecter qu'il n'y avait qu'à baptiser les Indiens, ils soutenaient que les Indiens en
étaient incapables, et que pour être chrétien il fallait d'abord être homme !

La question était de savoir si nul ne se pré-
senterait au nom de la justice dans ces contrées malheureuses, si nul n'y vengerait
l'humanité, l'Europe et la religion. La gloire
en était réservée à l'ordre de saint Dominique. Tous ses missionnaires sans exception
se portèrent défenseurs des Indiens avec une
héroïque intrépidité. Ils attaquèrent leurs

oppresseurs du haut de la chaire, dans des écrits, au conseil de Castille, devant le Saint-Siége, par tous les moyens dont on pouvait alors disposer pour créer l'opinion et en accabler la tyrannie. En 1537, Frère Julien, évêque de Tlascala, et Frère Dominique Bétanzos, prieur de la province, établirent dans un ouvrage le droit des Indiens à la liberté, à la propriété et au christianisme, et ils l'envoyèrent au pape Paul III par des députés, le suppliant de rendre un décret conforme à la doctrine qu'ils y exposaient. Paul III ne fit pas attendre sa décision. Il déclara solennellement que les Indiens étaient des hommes, capables de la foi chrétienne, dignes des sacremens de l'Église, et qu'on ne pouvait sans injustice les priver de leurs biens et de leur liberté. Beaucoup de Frères Prêcheurs se firent alors un nom vénéré. Mais l'un de ces noms a surpassé tous les autres, et renfermé dans sa mémoire immortelle la gloire de tous.

Barthélemy de Las Casas, gentilhomme

originaire de Séville, était passé en Amérique en 1502, à l'âge de vingt-huit ans. Il y
eut à peine mis le pied, que ses entrailles s'é-
murent de compassion et d'horreur au spectacle dont il était témoin. Au lieu de songer
à sa fortune, il résolut de consacrer sa vie à
la défense de l'Amérique, et il s'y prépara en
se faisant initier par la communication du
sacerdoce aux secrets les plus intimes de la
rédemption du monde. Jusqu'à soixante et
dix-sept ans, tant qu'un peu de force coula
dans ses veines, il ne cessa d'agir pour cette
sainte cause. On le vit traverser huit fois l'O-
céan pour aller de l'Amérique à la cour d'Espagne et de la cour d'Espagne à l'Amérique,
portant des plaintes et rapportant de vains
décrets. On l'entendit s'écrier en présence
d'un conseil qui méditait l'établissement de
la monarchie universelle : *Toutes les nations
sont également libres, et il n'est permis à aucune d'entreprendre sur la liberté des autres.*
Il osa présenter à Charles-Quint, sous le titre
de *la Destruction des Indes par les Espagnols,*

un mémoire où les crimes de ses compatrio-
tes étaient retracés avec un style d'une vérité
sanglante, sacrifiant ainsi à la justice sa sûreté personnelle et l'honneur de sa nation.
Charles-Quint fut assez grand pour le nommer *protecteur général des Indes*. Mais cette
qualification magnifique, malgré les pouvoirs
étendus qui y étaient joints, ne servit qu'à
montrer à Las Casas le peu de bien qui est au
pouvoir des rois lorsque l'ambition est leur
pensée principale, et l'équité un simple acci-
dent de leur conscience. Un moment, au milieu de sa carrière, Las Casas tourna tristement ses regards sur lui-même et sur son
temps ; il ne put continuer à porter tout seul
le poids de son cœur, et revêtit à quarante-
huit ans l'habit de saint Dominique, comme
celui qui couvrait alors tout ce qui restait de
plus généreux sur la terre. Il sembla y puiser de nouvelles forces avec de nouvelles
vertus, et sa soixante-dixième année le trouva
sollicitant la cour d'Espagne pour les Indiens.
Ce n'était pas la fin. Ce vieillard blanchi dans

l'apostolat, qui avait refusé plus jeune l'évêché de Cusco, crut que l'épiscopat siérait à
son âge, comme un bâton sied au voyageur
qui n'en peut plus du chemin et des années ;
il accepta l'évêché de Chiapa, et l'Océan le
ramena encore une fois au secours de l'Amérique. Cette fois fut la dernière. Soit ten-
dresse d'un homme de soixante et dix-sept
ans à qui le pays de son enfance revient en
mémoire, soit pour ne pas entendre de son
lit de mort les derniers gémissemens des populations indiennes moissonnées par un demi-
siècle de barbaries, il voulut mourir en Espagne. Mais pendant que sa patrie le regar-
dait avec vénération comme une flamme d'en
haut qui va s'éteindre, comme une relique
que la mort n'a pas encore tout-à-fait consacrée, lui, ranimant sa vie dans la charité, y
glana quinze ans d'une arrière-vieillesse admirable. Sa voix presque séculaire se fit encore entendre au conseil de Castille en faveur
des Indiens, et sa main qu'on eût crue glacée
écrivit ce fameux traité de la *tyrannie des*

Espagnols dans les Indes. Enfin rassasié de
jours, comblé de mérites et de gloire, victorieux de tous ses détracteurs, Las Casas
mourut à quatre-vingt-douze ans au couvent
des Frères Prêcheurs de Valladolid, laissant
à la postérité un nom religieux et populaire.

L'Amérique Espagnole s'est montrée sen-
sible à tous ces pieux souvenirs. Elle n'a pas
oublié ceux qui furent ses apôtres, ses amis,
ses pères, ses tuteurs, les martyrs de ses
droits. Vingt révolutions l'ont bouleversée,
du détroit de Magellan au golfe de la Cali-
fornie ; ses anciens souverains, qui s'intitu-
laient fastueusement les rois des Espagnes et
des Indes, ont été chassés de tous leurs domaines trans-atlantiques : mais l'humble
Frère de saint Dominique et de saint François
prie tranquillement sur cette terre reconnaissante, ne craignant rien du passé et rien
de l'avenir. L'Église catholique, qui avait été
fidèle à ces régions infortunées au temps de
leur oppression, leur a été fidèle encore au

temps de leur liberté, et, malgré les récla-
mations de la cour d'Espagne, elle a continué
de pourvoir à la succession de leur épiscopat.
C'a été l'une des actions illustres du souverain pontife Grégoire XVI, actuellement régnant, de ce vieillard auguste qui, en si peu
d'années, s'est fait dans le cœur des chrétiens une gloire antique, une mémoire qui a
déjà le poids des siècles. De son côté, l'Amérique a donné à l'Église et aux ordres religieux des marques nouvelles de son inviola-
ble attachement. Elle a proclamé dans ses
chartes les droits éternels de la religion, et
récemment, lorsque l'Espagne eut brisé la
porte des vieux cloîtres contemporains de
sa nationalité, le gouvernement du Mexique
envoya des ordres à ses consuls pour offrir
un asile aux religieux dispersés. On devait
leur donner trois cents écus pour les frais de
route, un passage à bord des bâtimens de
l'état, et une pension viagère sur le trésor
public, avec la condition tout-à-fait noble et
chrétienne de travailler dans les missions.

8

En effet, beaucoup ont profité de ces offres
généreuses, et, réunis de divers points de
l'Italie dans le port de Gênes, s'y sont embar-
qués pour chercher au Mexique les traces de
leurs glorieux ancêtres (1). Ainsi, pendant
que la plupart des monarchies de l'Europe
persécutent les ordres religieux ou leur dispu-
tent avec avarice l'eau et le feu, les républiques du Nouveau-Monde les transportent
chez elles au prix de l'or. *Vanité des vanités,
et tout est vanité, hormis d'aimer Dieu et de
le servir.*

(1) Ces faits sont tirés d'un panégyrique du bienheureux Martin de Porres, par le R. P. Joachim Ven-
tura, ancien général des Clercs Réguliers Théatins.
Rome, 1838.

CHAPITRE IV.

Travaux des Frères Prêcheurs comme docteurs. Saint Thomas d'Aquin.

———

A l'extrémité occidentale de Bologne, du côté où expirent au pied de la ville les dernières pentes des Apennins, le voyageur rencontre une église sur une place solitaire. J'entrai dans l'église avec l'anxiété d'un homme qui cherche tendrement quelque chose. Accoutumé que j'étais aux tombeaux gigantesques de l'art moderne, je fus ému par le

doux monument qui s'offrait à ma vue. Là,
sous cet albâtre si pur, repose le corps de
saint Dominique, auprès de cette fameuse
université de Bologne, qui n'avait d'égale que
l'université de Paris, toutes deux grandement
aimées du saint, toutes deux choisies par lui
pour être le principal séjour des siens. L'université de Paris reconnaissante lui donna
une partie du couvent de Saint-Jacques, et
Bologne son tombeau. Il convenait, en effet,
qu'une ville savante fût le dernier et suprême séjour, sur la terre, de l'homme
étonnant qui avait réuni dans une même pensée l'apostolat et la science divine, et confié
à un seul ordre cette double mission. L'évé-
nement justifia la hardiesse de l'entreprise,
et prouva sans réplique qu'elle avait été in-
spirée de Dieu. On a déjà vu avec quelle fidé-
lité les Frères Prêcheurs accomplirent dans
l'apostolat les espérances de leur saint patriarche : on va voir du côté de la science un succès
bien autrement miraculeux. Car, après tout,
le dévouement suffit pour mettre au monde

un missionnaire ; mais la science exige, outre le dévouement, une intelligence toujours très rare.

La science est la vue des rapports qui constituent et enchaînent tous les êtres, de Dieu jusqu'à l'atome, de l'infiniment petit jusqu'à l'infiniment grand. Chaque degré, sur cette vaste échelle, éclaire le degré qui le précède et le degré qui le suit, parce que tout rapport pénétré, de quelque manière que cette pénétration ait lieu, de bas en haut ou de haut en bas, est une révélation de ce qui est. En d'autres termes, l'effet indique la cause, parce qu'il en est l'image ; la cause explique l'effet, parce qu'elle en est le principe. Néanmoins, cette réciprocité n'est pas égale : la lumière véritable descend d'en haut, le bas n'en donne qu'un simple reflet. *Maintenant*, dit saint Paul, *nous voyons en reflet et en énigme, un jour nous verrons face à face.* La science, dans notre état présent, est donc nécessairement imparfaite, parce que nous ne voyons

pas *face à face* le point de départ et le point
de retour, qui est Dieu. Mais, tout voilé qu'il
demeure à notre vue, cependant il nous est
déjà possible de le connaître autrement que
par le reflet qui en est contenu dans les êtres
inférieurs. Avant de se montrer, Dieu s'est
affirmé ; avant de paraître, il a dit son nom.
L'acceptation volontaire de cette parole souveraine s'appelle la foi. La foi fait le chrétien.
Quand le chrétien est en possession de ce
nouvel élément de connaissance, de ce point
de vue d'en haut, il peut redescendre jusqu'aux extrémités de l'univers, interpréter
par les rapports qui constituent l'essence divine ceux qui constituent les choses de
l'homme et de la nature, puis, à l'aide d'un
mouvement contraire, vérifier par les lois
des êtres finis les lois de l'être infini. Cette
comparaison des deux mondes ; l'illumination
du second, qui est effet, par le premier, qui
est cause ; et la vérification du premier, qui
est cause, par le second, qui est effet ; ce flux
et reflux de lumières, cette marée qui va de

l'Océan au rivage, et du rivage à l'Océan, la foi dans la science, et la science dans la foi, c'est le chrétien devenu théologien.

Il suit de là que le docteur catholique est un homme presque impossible. Car il doit connaître, d'une part, tout le dépôt de la foi, les Écritures, la tradition écrite et non écrite, les conciles, les actes de la papauté ; et, d'une autre part, ce que saint Paul appelle *les élémens du monde :* c'est-à-dire, tout et tout. Qu'on ouvre le premier venu des Pères de l'Église, la *Préparation évangélique* d'Eusèbe, l'*Explication de l'OEuvre des six jours*, par saint Basile, les *Tapisseries* de Clément d'Alexandrie, la *Cité de Dieu* de saint Augustin ; on les verra tous d'un moment à l'autre passer du ciel à la terre, puis de la découverte à la révélation, mêlant et broyant Dieu avec l'univers, pour en tirer la science de l'un et de l'autre. Toutefois, nul d'entre eux n'était parvenu à élever l'édifice total de la théologie. Après douze

cents ans de travaux, leurs écrits épars dans
le passé ressemblaient aux ruines d'un temple qui n'a pas été bâti, mais à des ruines
sublimes, attendant avec la patience de l'immortalité la main de l'architecte. L'architecte
devait sortir des cendres de saint Dominique,
et ce que nul n'aurait jamais prévu, l'homme
de la Providence dans cette œuvre incompa-
rable fut un grand seigneur.

Il y avait à Cologne, l'an 1245, un licencié
Dominicain d'un génie si remarquable, que
son siècle lui a donné le nom de Grand. Quoique particulièrement exercé dans les mathé-
matiques, la physique et la médecine, il enseignait alors la théologie, d'où s'étant élevé
dans la suite aux plus hautes dignités, il les
abdiqua volontairement pour retourner à son
école. Sa fin fut extraordinaire. Un jour qu'il
faisait une leçon publique, il s'arrêta tout à
coup comme un homme qui cherche péni-
blement sa pensée, et après quelque temps
d'un silence qui étonnait et troublait tout le

monde, il parla ainsi : « Quand j'étais jeune, j'avais une si grande difficulté d'apprendre, que je désespérais de jamais rien savoir, et c'est pourquoi je résolus de quitter l'ordre de saint Dominique, afin de m'épargner la honte d'être sans cesse comparé à des hommes plus instruits que moi. Comme je m'entretenais jour et nuit de ce projet, je crus voir en songe la mère de Dieu qui me demandait dans quelle science je voulais devenir habile, si c'était dans la théologie ou dans la connaissance de la nature. Je répondis que c'était dans la connaissance de la nature. Elle me dit alors : *Tu seras ce que tu désires et le plus grand des philosophes ; mais parce que tu n'as pas préféré la science de mon fils, un jour viendra où, perdant même la science de la nature, tu te retrouveras comme tu es aujourd'hui.* Or, mes enfans, ce jour qui m'a été prédit est arrivé. Désormais, je ne vous enseignerai plus. Mais je confesse une dernière fois devant vous que je crois tous les articles du Symbole, et je supplie qu'on

m'apporte les sacremens de l'Église quand
mon heure sera venue. Si j'ai dit ou écrit
quelque chose de contraire à la foi, je le ré-
tracte, et soumets toute ma doctrine à ma
sainte mère, l'Église romaine. » Ayant achevé
ce discours, il descendit de sa chaire, et ses
disciples pleurant et l'embrassant le recon-
duisirent jusqu'à sa maison, où il vécut encore trois années dans une extrême simplicité, lui qui avait été appelé le *miracle de la
nature, la stupeur de son siècle*, et auquel la
postérité conserve le nom d'Albert-le-Grand.

Mais ce n'était point Albert-le-Grand qui
avait été choisi pour élever l'édifice de la
théologie catholique. *Il avait préféré la
science de la nature à la science du Fils de
Dieu.*

Vers la fin de 1244 ou au commencement
de 1245, Jean-le-Teutonique, quatrième maî-
tre-général de l'ordre des Frères Prêcheurs,
vint à Cologne, accompagné d'un jeune Na-

politain qu'il présenta à Frère Albert pour
être son disciple. L'Europe était, en ces
temps-là, un pays de liberté ; chacun allait
s'instruire où il voulait, et toutes les nations
se donnaient la main dans les universités. Le
jeune homme que Jean-le-Teutonique venait
d'attacher à l'école d'Albert-le-Grand était,
par son père, petit-neveu de l'empereur Frédéric 1, cousin de l'empereur Henri VI, ar-
rière-cousin de l'empereur Frédéric II, alors
régnant ; et, par sa mère, il descendait des
princes normands qui avaient chassé les Arabes et les Grecs de l'Italie, et conquis les
Deux-Siciles. Il n'avait que dix-sept ans. On
racontait de lui que ses parens l'avaient en-
levé et enfermé dans un château pour le dé-
tourner de sa vocation, mais qu'ils n'avaient
pu réussir ; qu'une femme ayant été intro-
duite dans sa chambre, il l'avait poursuivie
avec un tison enflammé à la main ; qu'il avait
gagné ses deux sœurs à la vie religieuse dans
des conversations où elles voulaient l'en dé-
tourner lui-même ; que le pape Innocent IV,

sollicité de rompre les liens qui l'enchaî-
naient déjà à l'ordre de saint Dominique,
l'avait entendu avec admiration, et lui avait
offert l'abbaye du Mont-Cassin. Arrivé avec
de tels bruits, le jeune comte d'Aquin, qui
n'était plus que Frère Thomas, fut beaucoup
regardé de ses condisciples. Mais rien ne répondit en lui à leur attente : ils virent un
jeune homme simple, qui ne parlait presque
pas, et dont les yeux mêmes semblaient obs-
curs. On finit par croire qu'il n'avait d'élevé
que la naissance, et ses camarades l'appe-
laient en riant *le grand bœuf muet de la Sicile*. Son maître Albert, ne sachant lui-même
qu'en penser, prit l'occasion d'une grande
assemblée pour l'interroger sur une suite de
questions très épineuses. Le disciple y répondit avec une sagacité si surprenante, qu'Albert fut saisi de cette joie rare et divine qu'é-
prouvent les hommes supérieurs lorsqu'ils
rencontrent un autre homme qui doit les
égaler ou les surpasser ; il se tourna tout
ému vers la jeunesse qui était là, et leur dit :

« Nous appelons Frère Thomas un bœuf muet,
mais un jour les mugissemens de sa doctrine
s'entendront par tout le monde. »

La prophétie ne tarda pas à s'accomplir ;
Thomas d'Aquin devint en peu de temps le
docteur le plus célèbre de l'Église catholique,
et sa naissance même, si royale qu'elle était,
a disparu dans la magnificence de sa renommée personnelle.

A l'âge de quarante et un ans, et n'en ayant
plus que neuf à vivre, saint Thomas songea
au monument qui était le but encore inconnu
de sa destinée. Il se proposa de rassembler
dans un corps unique les matériaux épars de
la théologie, et ce qui pouvait n'être qu'une
compilation, il en fit un chef-d'œuvre dont
tout le monde parle, même ceux qui ne le
lisent pas, comme tout le monde parle des
pyramides d'Égypte, que presque personne
ne voit. Cette popularité, plus forte que
l'ignorance, est le dernier terme de la gloire

ici-bas : Dieu seul en obtient une plus haute,
parce que seul il est à la portée de tous ceux
qui l'adorent.

La théologie, comme nous l'avons dit, est
la science des affirmations divines. Lorsque
l'homme accepte simplement ces affirmations, il est à l'état de foi ; lorsqu'il établit le
rapport de ces affirmations entre elles et avec
tous les faits intérieurs et extérieurs de l'univers, sa foi est à l'état théologique ou scientifique. Par conséquent, la théologie résulte
du mélange d'un élément humain avec un
élément divin, et, s'il est vrai que ce mélange éclaire la foi, il est néanmoins sujet à
un grand danger. Car, pour peu qu'on se
donne carrière dans les choses de l'ordre visible, on a bien vite atteint la limite extrême
de la certitude qui leur appartient ; et si l'on
pousse plus loin, l'esprit ne rapporte de ces
régions mal explorées que des opinions capables, quelquefois, d'altérer la pureté et la
solidité de la foi. Une des premières qualités

du docteur catholique est donc l'esprit de discernement dans l'emploi de l'élément humain. Or, saint Thomas possédait ce tact à un illustre degré.

Toute la science humaine de son temps était renfermée dans les écrits d'Aristote : logique, métaphysique, morale, politique, physique, histoire naturelle, Aristote enseignait tout, et était regardé comme ayant dit sur tout le dernier mot de la nature. Cependant, il suffisait de parcourir quelques uns de ses ouvrages pour s'apercevoir combien peu ce philosophe avait eu le génie chrétien, et déjà l'étude assidue qu'on faisait de lui avait porté des fruits déplorables. Il n'était pas extraordinaire d'entendre des maîtres-ès-arts, par exemple, soutenir qu'une proposition était vraie selon l'Évangile, et fausse selon le *philosophe*. En 1277, Étienne II, évêque de Paris, fut obligé de porter une censure contre deux cent vingt-deux articles dont l'erreur avait été puisée dans les livres d'Aristote.

Voilà les élémens scientifiques dont disposait saint Thomas. Il fallait avec cela créer une psychologie, une ontologie, une morale et une politique dignes de s'unir aux dogmes de la foi. Saint Thomas le fit. Laissant de côté les chimères et les aberrations du Stagyrite, il tira de ses écrits ce qui pouvait s'y glaner de vrai, éleva et transforma ces matériaux, et, sans abattre ni adorer l'idole de son siècle, il ourdit une philosophie qui avait encore dans les veines du sang d'Aristote, mais purifié par le sien et par celui de tous ses grands prédécesseurs dans la doctrine.

A l'esprit de discernement dans l'emploi de l'élément humain ou fini, saint Thomas joignit une vue pénétrante de l'élément divin. Il eut en considérant les mystères de Dieu ce regard ferme représenté par l'aigle de saint Jean, ce trait de l'œil difficile à définir, mais que l'on reconnaît si bien lorsqu'après avoir médité soi-même sur une vérité du christianisme, on interroge un homme qui a été plus loin que soi dans l'abîme, ou mieux écouté le son de l'infini. Il en est d'un grand théologien comme d'un grand artiste : l'un et l'autre voient ce que l'œil vulgaire ne voit pas ; ils entendent ce que l'oreille de la foule ne soupçonne pas ; et quand, avec les faibles organes dont l'homme dispose, ils viennent à rendre un reflet ou un écho de ce qu'ils ont vu et entendu, le pâtre même s'éveille et se croit du génie. Cette puissance de découverte dans l'infini étonnera ceux qui tiennent un mystère pour une affirmation dont les termes mêmes ne sont pas distincts ; mais ceux qui savent que l'incompréhensible n'est autre chose qu'une lumière sans bornes, qui fait qu'au jour même où nous verrons Dieu face à face nous ne le comprendrons pas encore, ceux-là se persuaderont aisément que plus l'horizon est immense, plus la vivacité du regard a de quoi s'exercer. Et la théologie a ce rare avantage, que les affirmations divines qui lui ouvrent l'infini de part en part, lui sont une boussole en même

temps qu'une mer. La parole de Dieu forme
dans l'infini des lignes saisissables qui enca-
drent la pensée sans la restreindre, et qui
fuient devant elle en l'emportant. Jamais
l'homme arrêté dans les liens et les ténèbres
du fini n'aura l'idée de la félicité du théologien nageant dans l'espace sans bornes de la
vérité, et trouvant dans la cause même qui
le contient l'étendue qui le ravit. Cette union,
au même endroit, de la sécurité la plus parfaite avec le vol le plus hardi, cause à l'âme
une aise indicible qui fait mépriser tout le
reste à qui l'a une fois sentie. Or, nul ne l'a
fait sentir plus souvent que la lecture de saint
Thomas. Quand on a étudié une question
même dans de grands hommes, et qu'on re-
court ensuite à cet homme-là, on sent qu'on
a franchi plusieurs orbes d'un seul coup, et
que la pensée ne pèse plus.

Il faudrait parler encore de la force d'en-
chaînement qui lie l'un à l'autre dans saint
Thomas l'élément naturel et l'élément divin,

en subordonnant toujours le premier au second. Il faudrait dire cette unité puissante
qui, dans le cours d'un ouvrage énorme, ne
se dément jamais, ramasse à droite et à
gauche toutes les eaux du ciel et de la terre,
et les pousse en avant par un mouvement
qui vient de la source, et que le leur accroît
sans le changer. Il faudrait enfin donner une
idée de ce style qui fait voir la vérité dans
les plus grandes profondeurs, comme on
voit les poissons au fond des lacs limpides ou
les étoiles au travers d'un ciel pur; style aussi
calme qu'il est transparent, où l'imagination
ne paraît pas plus que la passion, et qui cependant entraîne l'intelligence. Mais le temps
nous presse, et saint Thomas d'ailleurs n'a
plus besoin de louanges. Les souverains pontifes, les conciles, les ordres religieux, les
universités, mille écrivains l'ont porté trop
haut pour que la louange puisse l'atteindre
désormais. Quand les ambassadeurs du
royaume de Naples vinrent demander sa
canonisation à Jean XXII, le pape, qui les

reçut en plein consistoire, leur dit : « Saint Thomas a plus éclairé l'Église que tous les docteurs ensemble, et l'on profitera plus en une année avec ses livres que pendant tout une vie avec les livres des autres. » Et comme quelqu'un, dans le cours du procès de canonisation, remarquait qu'il n'avait point opéré de miracles, le souverain Pontife répondit : « Il a fait autant de miracles qu'il a écrit d'articles. » Dans le concile de Trente, une table était placée au milieu de la salle où siégeaient les Pères du concile, et sur cette table étaient l'Écriture sainte, les décrets des papes et la Somme de saint Thomas. Après cela, Dieu seul pourra louer ce grand homme dans le concile éternel de ses saints.

Saint Thomas mourut à Fosse-Neuve, monastère de l'ordre de Cîteaux, presque à moitié chemin de Naples et de Rome, entre sa patrie naturelle et sa patrie spirituelle, non loin du château de Roche-Sèche, où il est probable qu'il naquit, et proche du Mont-

Cassin, où il avait passé une partie de son enfance. La mort le surprit là, pendant qu'il était en route pour obéir aux ordres du pape Grégoire X, qui l'avait appelé au deuxième concile général de Lyon, dans lequel on devait traiter de la réunion de l'Église grecque avec l'Église latine. Les religieux, pressés autour de son lit, le prièrent de leur faire une courte exposition du Cantique des Cantiques, et ce fut sur ce chant de l'amour divin qu'il donna sa dernière leçon. A son tour, il demanda aux religieux de le mettre sur la cendre pour recevoir le saint viatique, et quand il vit l'hostie entre les mains du prêtre, il dit avec larmes : « Je crois fermement que Jésus-Christ, vrai Dieu et vrai homme, fils unique du Père éternel et d'une Vierge mère, est dans cet auguste sacrement. Je te reçois, prix de la rédemption de mon âme; je te reçois, viatique du pélerinage de mon âme, pour l'amour duquel j'ai étudié, j'ai veillé et travaillé, prêché et enseigné. Jamais je n'ai rien dit contre toi;

mais si j'avais dit quelque chose sans le savoir, je ne suis point opiniâtre dans mon
sens : je laisse tout à la correction de la
sainte Église romaine, dans l'obéissance de
laquelle je m'en vais de cette vie. » Ainsi
mourut saint Thomas d'Aquin, à l'âge de
cinquante ans, le 7 mars 1274, quelques
heures après minuit, au lever de l'aurore.

L'ordre religieux qui, presque à sa naissance, avait produit une si vive lumière de
l'Église, ne cessa de nourrir des savans et
des écrivains de mérite. Mais la liste en serait plus que fastidieuse : on en compte environ quatre mille quatre cents. Il suffira d'a-
jouter que, moins d'un siècle après la mort
de saint Dominique, son institut fut honoré
par les contemporains du titre singulier *d'ordre de la Vérité.* Ainsi fut accomplie dans
toute son étendue la double pensée qui avait
présidé à sa formation. Des générations d'a-
pôtres et de savans, sorties de ce germe, ont
répandu la vérité jusqu'en des mondes que

saint Dominique ignorait , et, après six cents
ans révolus , les rejetons en fleurissent encore
de Manille à Rome , de Saint-Pétersbourg à
Lima. Quand le jeune Gusman passait les
Pyrénées avec l'évêque don Diégo, rien de
tout cela n'existait, n'était attendu ni cru
possible : mais la pensée qui découvre un
besoin, la vertu qui s'y dévoue, et le besoin
qui vient en aide à la pensée et à la vertu,
ces trois choses peuvent tout. Heureux le siècle où elles se rencontrent !

CHAPITRE V.

Des Artistes, Évêques, Cardinaux, Papes, Saints et Saintes
donnés à l'Église par l'ordre des Frères Prêcheurs.

—

Bien que l'apostolat et la science divine
fussent le but principal de l'ordre des Frères
Prêcheurs, néanmoins saint Dominique n'a-
vait exclu de son œuvre aucun travail utile
au salut des âmes. Il ne faut donc pas s'étonner de rencontrer le nom de ses disciples
dans les arts, dans le ministère pastoral,
dans le gouvernement général de l'Église, et

dans une foule de situations particulières qui
ne se lient entre elles que par le dévouement.

Si l'on s'étonnait, par exemple, de voir
des artistes, et même de grands artistes,
parmi les Frères Prêcheurs, on n'aurait pas
de l'art l'idée religieuse qui lui convient.
L'art, n'étant, comme la parole et l'écriture,
que l'expression du vrai et du beau, a droit
d'être cultivé par tous ceux qui s'occupent
d'élever l'âme de leurs semblables à la con-
templation de l'invisible, et Dieu lui-même,
en même temps qu'il donnait à Moïse les
tables de la loi, lui montrait sur le Sinaï la
forme du tabernacle et de l'arche sainte.
C'était nous apprendre que l'architecte des
mondes est l'artiste par excellence, et que
plus l'homme reçoit de son esprit, plus il est
capable et digne d'aspirer lui-même aux
saintes fonctions de l'art. Les religieux du
moyen âge n'ignoraient pas cette vérité. Les
cloîtres cachaient des architectes, des sculp-

teurs, des peintres, des musiciens, de la
même manière qu'il s'y formait des écrivains
et des orateurs. Le chrétien, en entrant sous
le doux ombrage de leurs voûtes, offrait à
Dieu avec son âme et son corps le talent qu'il
avait reçu de lui, et quel que fût ce talent,
il ne manquait pas de prédécesseurs et de
maîtres. Près de l'autel, tous les frères se
ressemblaient par la prière; rentrés dans
leurs cellules, le prisme était décomposé,
et chacun d'eux exprimait à sa manière un
rayon de la beauté divine. O temps fortunés!
Paradis terrestres détruits par le despotisme
et la barbarie! Toute la civilisation moderne
ensemble ne peut pas bâtir aujourd'hui une
église chrétienne, et de pauvres Frères Prêcheurs du treizième siècle tout-à-fait incon-
nus, Fra Sisto, Fra Ristoro et Fra Giovanni,
élevaient dans Florence cette église de *Santa-
Maria-Novella,* que Michel-Ange allait voir
tous les jours, et dont il disait qu'elle était
belle, pure et simple comme une fiancée;
d'où lui est venu le nom que lui donne encore

le peuple florentin, le doux nom de *la Sposa*. A chaque instant le citoyen et l'étranger répètent cette louange en passant sur la place de *la Sposa*, mais nul ne parle des artistes : la gloire les respecte jusque dans leurs tombeaux, et craint d'alarmer ces chastes cœurs, où l'humilité surpassait le génie.

Quelquefois pourtant elle a fait violence à leurs frères d'art et de religion. Quel nom est plus célèbre dans la peinture que le nom du Dominicain Fra Angélico de Fiésole? « Fra « Angélico, dit Vasari, eût pu mener une vie « heureuse dans le monde ; mais comme il « voulait avant tout le salut de son âme, il « embrassa la vie religieuse dans l'ordre de « saint Dominique, sans abandonner la pein-« ture, unissant au soin de son bonheur éter-« nel l'acquisition d'une éternelle renommée « parmi les hommes. » Jamais Fra Angélico ne peignait qu'à genoux les images de Jésus-Christ et de sa sainte Mère, et souvent des larmes attestaient le long de ses joues la sen--

sibilité de l'artiste et la piété du chrétien. Quand Michel-Ange vit dans l'église de Saint-Dominique, à Fiésole, le tableau de l'Annonciation qu'y avait peint notre Frère Prêcheur, il témoigna son admiration par ces paroles : « Un homme n'a pu faire ces figures-là qu'après les avoir vues dans le ciel. » Appelé à Rome par le pape Eugène IV, Fra Angélico peignit dans les appartemens du Vatican les grandes fresques qui représentent l'histoire de saint Laurent et de saint Étienne, et le pape, encore plus ravi de son âme que de son pinceau, lui offrit l'archevêché de Florence, sa patrie. C'était une récompense quelquefois accordée dans ces temps-là et dans les temps antérieurs à de semblables mérites : on ne croyait pas qu'un peintre ou un architecte chrétien fût moins digne de l'épiscopat qu'un prédicateur, les uns et les autres disant les mêmes choses avec la même foi dans des arts différens. Mais Fra Angélico refusa obstinément la crosse archiépiscopale, et désigna au souverain pontife, comme étant plus digne

que lui, le frère Antonin, que Nicolas V éleva
depuis sur le siége de Florence, et qui devint
saint Antonin.

Les annales de la peinture comptent encore
avec orgueil Fra Bartholoméo, qui s'était appelé dans le monde Baccio della Porta. Un
peu avant l'âge de vingt ans, lorsque déjà
son talent se révélait à lui-même et aux autres, il entendit les prédications de Jérôme
Savonarole, et prit parti pour la réforme
que ce grand orateur s'efforçait d'introduire
à Florence. Au moment où son maître fut
arrêté, il était dans le cloître de Saint-Marc
parmi les cinq cents citoyens venus pour défendre Savonarole, et il fut tellement accablé
de sa mort, qu'il alla prendre l'habit de saint
Dominique au couvent de Prato, résolu d'y
ensevelir à jamais sa vie, et de ne plus tou-
cher une toile avec un pinceau. Beaucoup
d'hommes illustres de cette époque éprouvè-
rent le même découragement, et, Savonarole mort, estimèrent que ce n'était plus la

peine d'écrire, de parler, ni de peindre, ni
de se donner un autre but dans le monde que
le sentiment éternel de sa vanité. En effet,
le paganisme moderne l'emportait, Luther
était aux portes; et Savonarole, après avoir
souvent prédit cette prochaine catastrophe,
avait été sur son bûcher le dernier jet d'une
flamme que ses contemporains ne devaient
plus revoir. Fra Bartoloméo porta toute sa
vie dans sa poitrine l'inconsolable deuil de
cette mort, et l'amitié même de Raphaël ne
put voiler dans son cœur la présence triste
de son premier ami. Cependant au bout de
quatre années, il fut vaincu par les sollicitations de ses frères, et consentit à produire de
nouveaux chefs-d'œuvre avec un regret que
le succès ne tarissait point.

N'oublions pas non plus Fra Bénédetto,
peintre en miniature au couvent de Saint-
Marc, inconnu pour son talent, mais éter-
nellement connu, parce qu'au jour où Savonarole fut arrêté, il s'était armé de pied en

cap pour le défendre , et ne retint l'épée dans le fourreau que sur les remontrances de son maître , qui lui dit qu'un religieux ne devait avoir d'autres armes que les armes de l'esprit. Il voulut du moins l'accompagner au supplice et souffrir avec lui , et il fallut que Savonarole l'arrêtât en lui disant : « Frère Bénédetto, au nom de l'obéissance, ne venez pas , parce que j'ai aujourd'hui à mourir pour l'amour du Christ. » Je ne me lasserais pas d'errer dans ces souvenirs , car nous ne sommes plus que des ombres , et c'est la consolation des morts de retourner parmi les vivans.

L'ordre des Frères Prêcheurs a donné à l'Église un grand nombre d'évêques , dont plusieurs ont joué un rôle considérable. Je n'entrerai dans aucun détail biographique à leur sujet , ni sur ceux qui ont été revêtus du cardinalat , *la première dignité du monde après la suprême* , écrivait à Louis XIV le cardinal de Bouillon. Je me bornerai à dire

qu'en 1825, six cents ans après la mort de
saint Dominique, il y avait eu sous son habit
soixante-six cardinaux, quatre cent soixante
archevêques, deux mille cent trente-six évêques, quatre présidens de conciles généraux,
vingt-cinq légats *à latere,* quatre-vingts nonces
apostoliques, et un prince électeur du saint-
empire romain. La plupart des Frères Prêcheurs qui furent élevés à ces hautes dignités étaient de simples religieux, sans naissance
et sans fortune, ne devant qu'à leurs vertus
le choix que faisaient d'eux les souverains
pontifes et les princes temporels. L'Église
romaine a toujours conservé cet usage de
tirer de la poussière des cloîtres de pauvres
moines pour les mettre à la tête des peuples,
en même temps qu'elle y place aussi des hommes d'une éminente condition. Cette Église,
mère et maîtresse, n'a d'ostracisme contre
aucune supériorité : elle accepte le gentilhomme et l'homme du peuple, et quand on
assiste à ses saintes cérémonies, l'œil y découvre sous la même bure ou sous la même

pourpre tous les rangs confondus dans l'égalité du mérite ou de l'abnégation. La papauté porte la première à son front cette auréole. La tiare va sans rougir du prince au pâtre, et le souverain pontife qui lutte aujourd'hui contre la maison de Brandebourg est à peine le fils d'un bourgeois de Bellune. La roble blanche qui le couvre était sa robe de camaldule, et en passant du cloître au Vatican il n'a pas même eu la peine de changer d'habit, pas plus qu'il n'avait à changer de cœur.

Plus d'un Frère Prêcheur reçut aussi et honora la tiare. Le premier fut Pierre de Tarentaise, archevêque de Lyon, transféré ensuite au siége de Tarentaise, cardinal-évêque d'Ostie et de Vellétri, grand-pénitencier, et enfin pape, en 1276, sous le nom d'Innocent V. Quoique son pontificat n'ait duré que cinq mois, il eut le temps de réconcilier les républiques de Lucques et de Pise, et de donner la paix à Florence.

La papauté du Frère Nicolas Boccasini, élu
en 1303, et qui prit le nom de Benoît XI, fut
courte aussi ; mais elle est célèbre par la gra-
vité des circonstances où il la reçut, et qui
ne surpassèrent point ses forces. Ce fut lui,
en effet, qui succéda à Boniface VIII. Le con-
clave le choisit pour le récompenser de sa
courageuse conduite dans la journée d'Ana-
gni, lorsque, tout le monde ayant abandonné
le souverain pontife, il resta seul à ses côtés
avec un autre cardinal, et soutint la majesté
du Saint-Siége contre le soufflet de Nogaret.
Dès que son élection fut consommée, il tra-
vailla à la paix de l'Église avec autant de
douceur qu'il avait eu de fermeté dans le
péril, et la France lui doit de l'avoir sauvée
d'une situation très critique sans une goutte
de sang versé.

En 1566, Frère Michel Ghisléri, appelé le
cardinal alexandrin, parce qu'il était né proche d'Alexandrie de Piémont, fut élu pape
et prit le nom de Pie V. Il avait donné sous

les pontificats précédens de si grandes preuves
d'indépendance et de fermeté, que le peuple
romain fut alarmé de son avénement. Le
nouveau pape le sut, et répondit à ceux qui
lui en parlaient : « Je ferai en sorte que le
peuple romain ait plus de douleur de ma
mort que de mon élection. » Ce fut ce qui
arriva. Il sema tant d'illustres actions dans
un règne de six ans, qu'un deuil universel
accompagna ses funérailles. Personne n'i-
gnore qu'en 1571 il conclut avec Venise et
l'Espagne une ligue contre les Turcs, laquelle
eut pour résultat cette fameuse bataille navale
de Lépante, où les armes chrétiennes obtin-
rent un des plus mémorables et des plus nécessaires succès qui les aient signalées à la
reconnaissance de l'Europe.

De saint Pie V à Benoît XIII, dernier pape
dominicain, il s'écoula cent cinquante années.
Le rôle du pontificat était bien changé : mis
en dehors des affaires générales de l'Europe
par le traité de Westphalie et par le despo-

tisme qui s'installait sur tous les trônes chrétiens, il ne pouvait plus offrir au monde que
le spectacle de la vertu désarmée, en attendant l'heure des révolutions et du martyre.
C'est le destin de la vérité sur la terre de
puiser, dans quelque situation qu'on lui fasse,
une illustration qui lui est propre. Si les
hommes lui accordent un grand pouvoir,
elle leur imprime un grand mouvement,
change leurs guerres d'ambition en croisades
civilisatrices, s'interpose entre l'injustice des
grands et la violence des petits, fonde des
universités, abolit l'esclavage, ouvre à la
misère et au malheur d'innombrables asiles,
contraint le sol à porter le poids d'éternels chefs-d'œuvre, élève, étend, affermit
l'humanité. Si les hommes lui retirent le pouvoir, elle se retire elle-même en arrière, et
se tient sur sa porte comme un vieillard cassé
par le temps et dépouillé de ses offices s'as-
seoit sur la fin du jour au-devant de sa maison, et présente encore à ses concitoyens qui
passent en le saluant une image vénérable de

tout ce qui est bien. Si les hommes vont plus loin et persécutent la vérité, alors, usée qu'on la croit, elle tire de son antiquité même des forces capables de vaincre tous les mondes ; elle ouvre ses trésors : elle y ceint l'épée qui tua ses apôtres, les chaînes où furent meurtris les reins des jeunes filles mortes pour Dieu ; elle met à son cou les os des enfans qui, déchirés sur les chevalets, ont ri des proconsuls et des empereurs ; elle prend le bâton qui assommait ses fidèles par milliers, et, ainsi parée, elle attend debout sur la place publique, sachant que Dieu est derrière elle, et que tout est sauvé quand tout est perdu. Quoi que fassent donc les hommes, la vérité ne fait que changer de gloire ; elle quitte une couronne pour en prendre une autre, et d'or ou de fer, cette couronne est toujours maîtresse.

Or, tel le sort de la vérité, tel le sort de la papauté, qui en est l'organe. Il ne dépend pas d'un pape de choisir son mode de puissance, pas plus qu'il ne dépend de lui de choisir son heure ; mais toujours il dispose d'une puissance s'il est digne de son rang. Benoît XIII, élu en 1724, ne pouvait pas, comme Innocent V, jouer le rôle de médiateur entre les républiques d'Italie ; ni, comme Benoît XI, donner la paix à la France ; ni, comme saint Pie V, gagner la bataille de Lépante ; il ne pouvait pas davantage souffrir la prison et l'exil comme ses futurs successeurs Pie VI et Pie VII : son jour avait été marqué entre les deux époques, et il fut tout ce qu'un pape devait être au dix-huitième siècle, un homme de bien, un saint. Issu de l'illustre famille des Gravina-Orsini, il quitta le monde dès sa première jeunesse, donna toute sa vie l'exemple d'une simplicité qui couvrait d'un voile aimable ses autres vertus ; et lorsque enfin la tiare tomba d'elle-même sur son front, il se plut à la cacher souvent aux regards, allant à pied visiter les églises et les hôpitaux de Rome, et préférant aux traditions solennelles de la cour apostolique les inspirations

d'un cœur parfaitement digne d'avoir échangé
autrefois le palais de ses pères contre la cellule du Frère Prêcheur.

Dans ces quatre papes dominicains reluit
le caractère de l'ordre entier. Chacun d'eux
répondit à son temps par un côté flexible,
sans que le tact de leur siècle leur ôtât rien
du courage militant qui fut toujours dans la
nature dominicaine, et qui a fait de sa longue
histoire une ligne droite. Rien ne ressemble
plus au génie français que le génie dominicain. C'est pourquoi, dans la liste des maîtres-
généraux que j'ai sous les yeux, et qui ne va
que jusqu'en 1720, sur soixante maîtres-gé-
néraux, dix-sept ont été Français, c'est-à-
dire presque le tiers : aucun autre ordre
ayant son centre à Rome ne présente ce
phénomène.

Mais tous les ordres religieux, quels que
soient leur caractère particulier, leur origine,
leur but et leurs moyens, doivent se rencon-

trer dans un point commun, qui est la sainteté.
Là est le confluent de tout ce qui fut atteint
du souffle de Dieu. Là se rejoignent tous ceux
qui donnèrent à Dieu et aux hommes leur
vie, quelle qu'ait été la forme de la donation :
les vierges sans tache, les mères chrétiennes ;
les apôtres, les docteurs, les martyrs de la
vérité ; l'ouvrier gagnant son pain dans un
travail vulgaire en soi, mais élevé par l'intention ; le soldat tombé avec le sentiment de
la justice ; le criminel transformant son supplice en immolation volontaire par le repentir ; le religieux ceint de la corde de saint
François ou du cilice de saint Bruno, pourvu
qu'il y ait en dessous une chair dévouée ; tout
corps et toute âme enfin qui n'a pas vécu
pour soi, mais pour Dieu dans les hommes,
et pour les hommes en Dieu. La sainteté, lien
de tous les êtres moraux, n'est que le dévouement puisé à sa source la plus haute. C'est
pour cela que le sacrifice est l'action religieuse par excellence, et que la croix, symbole présent et futur du Christianisme, pa-

raîtra au dernier jour pour juger les vivans
et les morts. Quiconque pourra être mesuré
à la taille de la croix sera sauvé ; quiconque
n'aura rien dans ses membres et son cœur
qui s'adapte à la croix sera perdu : les uns
iront au royaume de l'amour, les autres au
royaume de l'égoïsme. Ici-bas, ces deux
royaumes sont mêlés. L'Église, foyer de l'a-
mour, et le monde, foyer de l'égoïsme, se
pénètrent et se repoussent sans cesse, et,
dans ce combat inépuisable, les ordres religieux sont l'effort le plus extrême de l'Église
pour vaincre le monde à force de dévouement, et par conséquent de sainteté. Or, tout
ce qui précède a fait voir si l'ordre de saint
Dominique avait accompli sa tâche en ce
genre. De siècle en siècle, il a grossi d'une
foule de noms la liste vénérable des hommes
que la voix des peuples et celle de l'Église
ont proclamés, dès cette terre, les concitoyens
du ciel. Chaque jour, en mille lieux, le pauvre croise ses mains fatiguées sur le balustre
qui entoure la châsse ou l'image de quelque

Frère Prêcheur, et repose son âme dans le souvenir populaire d'une créature qui préféra la pauvreté à tous les biens. Laissons à la garde de ceux qui les savent et les invoquent ces noms révérés, et terminons cette légère esquisse d'un ordre immense par l'éloge qu'en faisait, au quatorzième siècle, un des plus grands poètes chrétiens, le chantre indépendant de *la Divine Comédie* (1) :

(1)   In quella parte ove surge ad aprire
         Zephiro dolce le novelle fronde
         Di che si vede Europa rivestire,

         Non molto lungi al percoter dell' onde,
         Dictro alle quali per la lunga foga
         Lo sol talvolta ad ogni uom si nasconde,

         Siede la fortunata Callaroga
         Sotto la protezion del grande scudo
         In che soggiace il leone e soggioga.

         Dentro vi nacque l'amoroso drudo,
         Della fede Christiana il santo atleta,
         Benigno a'snoi ed a' nimici crudo :

         E come fu creata, fu repleta

« En cette partie du monde d'où le zéphir
part, et vient ouvrir les feuilles nouvelles de
l'Europe ;

Si la sua mente di viva virtute
Che nella madre lei fece profeta.

Poichè le sponlalizie fur compiute
Al sacro fonte intra lui e la fede,
U' si dotar di mutua salute,

Le donna che per lui l'assenso diede
Vide nel sogno il mirabile frutto
Ch' uscir dovea di lui e delle rede;

E perchè fosse quale era in costrutto,
Quinci se mosse spirito a nomarlo
Del possessivo di cui era tutto.

Domenico fu detto ; ed io ne parlo
Si come dell' agricola che Cristo
Elesse all' orto suo per aiutarlo.

Ben parve messo e familiare di Cristo
Chè 'l primo amor, che 'n lui fu manifesto,
Fu al primo consiglio che diè Cristo.

« Non loin du bruit des flots qui cachent
le soleil à tout homme derrière leur immensité ;

Spesse fiate fu tacito e desto
Trovato in terra dalla sua nutrice,
Come dicesse : Io son venuto a questo.

Oh ! padre suo veramente Felice !
Oh ! madre sua veramente Giovanna !
Se 'nterpretata val come si dice.

Non per lo mondo, per cui mo s'affanna,
Diretro ad Ostiense ed a Taddeo,
Ma per amor della verace manna,

In picciol tempo gran dottor si feo,
Tal che si mise a circuir la vigna
Che testo imbianca, se 'l vignaio è reo.

Ed alla sedia che fu già benigna
Più a' poveri ginsti (non per lei,
Ma per colui che siede e che traligna)

Non dispensare o due o tre per sei ;
Non la fortuna di primo vacante,
Non decimas quæ sunt pauperum Dei,

« Est assise la fortunée Callaroga, sous la protection du grand écu où le Lion domine la Tour, et la Tour le Lion.

« Là naquit l'amoureux serviteur de Dieu, le saint champion de la foi chrétienne, doux aux siens et rude aux ennemis.

« A peine était créée son âme que, remplie d'une vive vertu, elle fit prophétiser sa mère.

« Lorsque au sacré baptême la foi et lui se fiancèrent ensemble, et se promirent de se sauver l'un par l'autre,

« La marraine qui donnait pour lui le consentement, vit en songe le fruit merveilleux qui devait sortir de lui et de ses héritiers.

Addimando; ma contra 'l mondo errante
Licenzia di combatter per lo seme
Del qual si fascian venti quatro piante.

Del Paradiso, canto XII.

« Et pour que son nom répondît à sa nature, un ange vint le nommer du nom même
du Seigneur, auquel il était tout entier.

« Il fut appelé Dominique : et c'est de lui
que je parle comme du jardinier choisi par le
Christ pour l'aider dans son jardin.

« Bien parut-il qu'il était l'envoyé et l'ami
du Christ, puisque son premier amour fut
pour le premier conseil que donne le Christ.

« Souvent sa nourrice le trouva couché
par terre, silencieux et éveillé, comme s'il
eût dit : Je suis venu pour cela.

« Oh! vraiment heureux son père! Oh!
vraiment pleine de grâce sa mère! comme
le dit leur nom même de Félix et de Jeanne.

« En peu de temps, non pour le vain
amour du monde, mais par amour de la
manne véritable,

« Il devint grand docteur, et se mit à tra-

vailler la vigne qui blanchit et se dessèche
lorsque le vigneron n'est pas digne d'elle.

« Et il ne demanda pas un siége suprême ,
meilleur autrefois aux pauvres chrétiens qu'il
ne l'est aujourd'hui (non par la faute du
siége , mais de celui qui est assis dessus)

« Il ne demanda pas de donner moins au
lieu de donner plus, ni le premier bénéfice
vacant, ni les dîmes qui appartiennent aux
pauvres de Dieu ;

« Mais seulement la liberté de combattre
pour l'Évangile contre les erreurs du monde. »

Ainsi débordait de l'âme mélancolique et
forte du Dante l'admiration que lui avait in-
spirée l'ordre de saint Dominique. Ce proscrit,
dont la plume n'a épargné aucune grandeur
coupable, traita toujours les Frères Prêcheurs et les Frères Mineurs comme les hé-
ros de son siècle ; et sa pensée, après avoir
fait tristement le tour du monde dans les

longs jours de l'exil, revenait à eux avec le difficile plaisir de pouvoir respecter. Tels furent aussi les sentimens des plus grands hommes du moyen âge. L'apparition simultanée de saint Dominique et de saint François fit sur tous ceux qui jouaient alors un rôle dans les affaires du monde l'effet d'un miracle de la Providence, et le tressaillement unanime qu'ils en eurent est un éloge que les siècles nouveaux n'infirmeront jamais. C'est aux contemporains à juger les choses et les hommes de leur temps. C'est à ceux qui ont mangé le même pain à savoir ce qu'il valait : et de même que l'avenir ne comprendra pas les idées les plus généreuses d'aujourd'hui, accordons au passé d'avoir connu ceux qui lui firent du bien et ceux qui lui firent du mal. Le malade retourné à gauche demande ensuite qu'on le retourne à droite ; mais en bénissant la seconde main qui le touche à son gré, il ne doit pas maudire la première : toutes les deux sont sacrées.

CHAPITRE VI.

De l'Inquisition.

—

L'Inquisition est un tribunal établi autrefois dans quelques pays de la chrétienté par
le concours de l'autorité ecclésiastique et de
l'autorité civile, pour la recherche et la répression des actes qui tendent au renversement de la religion.

On accuse saint Dominique d'avoir été l'inventeur de ce tribunal;

On accuse les Dominicains d'en avoir été les promoteurs et les principaux instrumens ;

On les rend comptables particulièrement des excès de l'inquisition espagnole.

Or, saint Dominique n'a point été l'inventeur de l'inquisition, et n'a jamais fait aucun acte d'inquisiteur ;

Les Dominicains n'ont point été les promoteurs et les principaux instrumens de l'inquisition ;

Et quant à l'inquisition espagnole, loin d'en être responsables, ils en furent éloignés par les rois d'Espagne dès que les rois d'Espagne, à la fin du quinzième et au commencement du seizième siècle, transformèrent ce tribunal en une institution nouvelle et politique qui exigeait des serviteurs plus dépendans que des religieux.

Ces assertions peuvent étonner ceux qui

croient à l'histoire telle que les protestans et
les rationalistes l'ont faite ; mais elles ne
surprendront point ceux qui savent que l'histoire, depuis trois siècles, est un mensonge
perpétuel et flagrant, que les savans de
France, d'Allemagne et d'Angleterre ont déjà
démoli en partie. Dans tous les cas., je don-
nerai mes preuves.

En 1812, les Cortès espagnoles assemblées
dans l'île de Léon nommèrent un comité de
Constitution qui fut chargé, entre autres travaux, de présenter un rapport et un projet
de décret sur le tribunal de l'Inquisition. Le
comité fit dans son rapport un exposé de l'o-
rigine et du développement de ce tribunal,
et conclut à ce qu'il fût aboli en Espagne.
Cette pièce, de fabrique rationaliste, libérale
et espagnole, et qui, à tous ces titres, ne saurait être suspecte de partialité en faveur de
l'inquisition, sera mon premier moyen justificatif.

Un autre document non moins précieux

est l'Histoire de l'Inquisition publiée à Amsterdam, en 1692, par Philippe de Lymborch, professeur de théologie dans le parti calviniste des *Remonstrants*. Cette histoire, aussi hostile que possible à l'Église catholique, à l'inquisition et aux Dominicains, sera mon second moyen justificatif.

Je ne dirai rien qui ne soit appuyé sur l'un ou l'autre de ces monumens ennemis, et quelquefois sur tous les deux ensemble. Ils me serviront de texte, et le reste de mes preuves n'en sera que le commentaire.

Voici, pour commencer, la manière dont le comité des Cortès s'exprime sur saint Dominique : « Les premiers inquisiteurs n'op- « posèrent jamais à l'hérésie d'autres armes « que la prière, la patience et l'instruction, « et saint Dominique surtout, comme l'assu- « rent les Bollandistes, et les Pères Echard « et Touron (1). » Et plus bas : « Philippe II,

(1) Rapport sur le tribunal de l'Inquisition, avec le

« le plus absurde des princes, *fut le véritable*
« *fondateur de l'inquisition;* ce fut sa politi-
« que raffinée qui la porta à ce point de hau-
« teur où elle était montée. Toujours les rois
« ont repoussé les conseils et les soupçons
« qui leur ont été adressés contre ce tribu-
« nal, parce qu'ils sont dans tous les cas maî-
« tres absolus de nommer, de suspendre ou
« de renvoyer les inquisiteurs, et qu'ils n'ont
« d'ailleurs rien à craindre de l'inquisition,
« qui n'est terrible que pour leurs sujets (1). »

Ainsi le comité des Cortès distingue dans
l'inquisition deux termes extrêmes, saint Dominique et Philippe II : le premier, n'ayant
d'autres armes que *la prière, la patience et
l'instruction;* le second, *véritable fondateur
de l'inquisition,* la transformant en un tribu-

projet de décret concernant les tribunaux protecteurs
de la religion, présenté aux Cortès générales et extraordinaires par la Commission de constitution. Cadix, 1812.

(1) Rapport, etc., p. 69.

nal *terrible* dont les *rois* sont les *maîtres absolus.* Je pourrais m'arrêter là : car quoi de
plus décisif pour qui sait lire? Qu'importe
que le comité range saint Dominique parmi
les premiers inquisiteurs , si les premiers inquisiteurs n'employèrent jamais que *la prière,
la patience et l'instruction?* Que reste-t-il
de commun entre l'œuvre de saint Dominique et celle de Philippe II , séparées par trois
siècles d'intervalle, l'une religieuse, et l'autre
politique ; l'une confiée à des hommes qui
prient et instruisent avec patience , l'autre à
des rois qui *repoussent les conseils et les soupçons* contre un tribunal dont ils sont les maîtres absolus? Mais en matière si grave , on
ne peut pardonner au comité même une
erreur inoffensive. Bien qu'il n'impute pas à
saint Dominique d'avoir inventé l'inquisition
ni de l'avoir exercée avec dureté , il le nomme
toutefois parmi les premiers inquisiteurs , et
ce fait est absolument inadmissible , comme
on va le voir.

Faisons-nous d'abord une juste idée de l'inquisition.

L'inquisition ne consiste pas dans les lois pénales établies contre la profession publique de l'hérésie, et, en général, contre les actes extérieurs destructifs de la religion. Depuis mille ans, des lois semblables étaient en vigueur dans la société chrétienne. Constantin et ses successeurs en avaient publié un grand nombre qu'on peut lire dans le Code Théodosien, toutes appuyées sur cette maxime, que, la religion étant le premier bien des peuples, les peuples ont le droit de la placer sous la même protection que les biens, la vie et l'honneur des citoyens. Je n'examine pas la valeur de cette maxime, je ne fais que l'énoncer. Avant les temps modernes, elle passait pour incontestable ; toutes les nations de la terre l'avaient mise en pratique, et aujourd'hui même la liberté religieuse n'existe qu'en deux pays, aux États-Unis et en Belgique. Partout ailleurs, sans en excepter la

France, l'ancien principe domine, quoique
affaibli dans son application. On croyait, et
presque tout l'univers croit encore que la
société civile doit empêcher les actes extérieurs contraires à la religion qu'elle pro-
fesse, et qu'il n'est pas raisonnable de l'abandonner aux attaques du premier venu qui a
assez d'esprit pour soutenir un dogme nouveau. C'est en ce sens qu'a jugé la Cour de
cassation, même après 1830, lorsqu'elle a
décidé que la charte ne donnait pas droit à
qui voulait d'ouvrir un temple et de fonder
une chaire religieuse. Le principe ancien
subsiste donc dans la jurisprudence interprète
de nos lois; la magistrature française juge
aujourd'hui, en ces matières, comme jugeait
la magistrature du Bas-Empire et du moyen
âge, comme jugent les mandarins chinois qui
font étrangler nos missionnaires : et peu importe que la pénalité soit adoucie, car elle
l'est également pour tous les autres crimes.
Adoucir une pénalité, ce n'est pas déclarer
innocent le fait qui en est atteint ; ce n'est pas

surtout le déclarer *libre*. Reste donc à la France la solidarité du principe d'où est née l'inquisition.

Jusqu'à la fin du douzième siècle, les attentats religieux étaient poursuivis et jugés par les magistrats ordinaires. L'Église frappait une doctrine d'anathème : ceux qui la propageaient opiniâtrément dans des assemblées publiques ou secrètes, au moyen d'écrits ou de prédications, étaient recherchés et condamnés par les tribunaux de droit commun. Tout au plus l'autorité ecclésiastique intervenait-elle quelquefois dans la procédure par voie de plainte. Mais à côté de ce fait social de la répression des hérétiques se développait un autre élément d'origine toute chrétienne, l'élément de la douceur à l'égard des criminels et surtout à l'égard des *criminels d'idées*. Tous les chrétiens étaient convaincus que la foi est un acte libre, dont la persuasion et la grâce sont la source unique ; tous disaient avec saint Atha-

nase : « Le propre d'une religion d'amour
« est de persuader, non de contraindre (1). »
Mais ils n'étaient pas d'accord sur le degré de
liberté qu'il fallait accorder à l'erreur. Cette
seconde question leur paraissait toute diffé-
rente de la première ; car autre chose est de
ne pas violenter les consciences ; autre chose
de les abandonner à l'action arbitraire d'une
force intellectuelle mauvaise. Ceux qui sou-
haitaient la liberté absolue parlaient ainsi
par la bouche de saint Hilaire, évêque de
Poitiers : « Qu'il nous soit permis de déplorer
« la misère de notre âge, et les folles opi-
« nions d'un temps où l'on croit protéger
« Dieu par l'homme, et l'Église du Christ par
« la puissance du siècle. Je vous prie, ô évê-
« ques qui croyez cela, de quels suffrages
« se sont appuyés les apôtres pour prêcher
« l'Évangile? Quelles armes ont-ils appelées
« à leur secours pour prêcher Jésus-Christ ?
« Comment ont-ils converti les nations du

(1) Lettre aux Solitaires.

« culte des idoles à celui du vrai Dieu? Est-
« ce qu'ils avaient obtenu leur dignité du
« palais, ceux qui chantaient Dieu après
« avoir reçu des chaînes et des coups de
« fouet? Était-ce avec lës édits du prince que
« Paul, donné en spectacle comme un mal-
« faiteur, assemblait l'Église du Christ? ou
« bien était-ce sous le patronage de Néron,
« de Vespasien, de Décius, de tous ces en-
« nemis dont la haine a fait fleurir la pa-
« role divine? Ceux qui se nourrissaient
« du travail de leurs mains, qui tenaient
« des assemblées secrètes, qui parcouraient
« les bourgs, les villes, les nations, la terre
« et la mer, malgré les sénatus-consultes et
« les édits des princes, ceux-là n'avaient-ils
« point les clefs du royaume des cieux? et le
« Christ n'a-t-il pas été d'autant plus prêché
« qu'on défendait davantage de le prêcher?
« Mais maintenant, ô douleur! des suffrages
« terrestres servent de recommandation à la
« foi divine, et le Christ est accusé d'indi-
« gence de pouvoir par des intrigues faites

« en sa faveur ! Que l'Église donc répande la
« terreur par l'exil et la prison, elle qui avait
« été confiée à la garde de l'exil et de la
« prison ! Quelle attende son sort de ceux
« qui veulent bien accepter sa communion,
« elle qui avait été consacrée de la main des
« persécuteurs (1) ! »

Saint Augustin, qui avait appartenu d'a-
bord à cette école, s'adressait dans le même
esprit aux Manichéens : « Que ceux-là sévis-
« sent contre vous qui ne savent pas avec quel
« labeur la vérité se découvre, et combien pé-
« niblement on échappe à l'erreur. Que ceux-
« là sévissent contre vous qui ne savent pas
« combien il est rare et difficile de vaincre
« les fantômes du corps par la sérénité d'une
« pieuse intelligence. Que ceux-là sévissent
« contre vous qui ne savent pas avec quelle
« peine on guérit l'œil intérieur de l'homme
« pour le rendre capable de voir son soleil,

(1) Contre Auxence.

« non pas ce soleil que vous adorez, et qui
« brille aux yeux charnels de l'homme et de
« la bête, mais celui dont il est écrit par le
« Prophète : *Le soleil de la justice s'est levé*
« *pour moi ;* et dont l'Évangile dit qu'*il est*
« *la lumière qui illumine tout homme venant*
« *en ce monde.* Que ceux-là sévissent contre
« vous qui ne savent pas par quels soupirs
« et quels gémissemens il arrive qu'on com-
« prend Dieu tant soit peu. Enfin que ceux-
« là sévissent contre vous, que n'a jamais
« trompés l'erreur qui vous trompe (1) ! »

Saint Augustin passa plus tard à l'école op-
posée. Les fureurs des donatistes d'Afrique
contre l'Église en furent la cause. Il crut
être redevable à l'expérience de deux vérités
que la méditation de l'Évangile ne lui avait
point apprises, savoir : que l'erreur est essentiellement persécutrice, et n'accorde jamais
à la vérité que le moins de liberté possible ;

(1) Contre l'épître du Fondement.

et, en second lieu, qu'il y a une oppression des intelligences faibles par les intelligences fortes, comme il y a une oppression des corps débiles par les corps robustes. D'où il concluait que la répression de l'erreur est une défense légitime contre deux tyrannies, la tyrannie de la persécution et la tyrannie de la séduction.

Je ne suis toujours qu'historien.

Néanmoins cette seconde école était travaillée comme la première, quoique à un moindre degré, par le besoin ineffaçable de la mansuétude chrétienne, et saint Augustin écrivait à Donat, proconsul d'Afrique, ces paroles bien remarquables, au sujet des hérétiques les plus atroces qui furent jamais : « Nous désirons qu'ils soient corrigés, mais « non mis à mort; qu'on ne néglige pas à « leur égard *une répression disciplinaire*, « mais aussi qu'on ne les livre pas aux sup- « plices qu'ils ont mérités..... Si vous ôtez la « vie à ces hommes pour leurs crimes, vous

« nous détournerez de porter à votre tribu-
« nal des causes semblables, et alors l'au-
« dace de nos ennemis, portée à son comble,
« achèvera notre ruine, par la nécessité où
« vous nous aurez mis d'aimer mieux mou-
« rir de leurs mains que de les déférer à vo-
« tre jugement (1). »

C'était en vertu de ces maximes, que saint
Martin de Tours refusa constamment sa communion aux évêques qui avaient pris part à
la condamnation sanglante des Priscillianis-
tes d'Espagne.

On voit donc l'Église placée dans cette
question entre deux extrémités, la liberté
absolue de l'erreur ou sa poursuite à outrance
par le glaive inexorable de la loi civile.
Quelques uns de ses docteurs penchent pour
le premier parti, aucun pour le second :
quelques uns pour la douceur sans bornes,

(1) CXXVII^e lettre.

aucun pour la pénalité impassible et illimitée. L'Église est crucifiée là entre deux ap-
préhensions également terribles. Si elle laisse
à l'erreur toute latitude, elle craint l'oppression de ses enfans ; si elle réprime l'erreur
par l'épée de *l'évêque du dehors*, elle craint
d'opprimer elle-même : il y a du sang partout. Le cours des événemens augmentait
encore cette angoisse ; car les lois portées
contre les hérétiques retombaient sans cesse
sur les catholiques, et, d'Arius aux Icono-
clastes, ce n'étaient qu'évêques et prêtres
emprisonnés, exilés, meurtris, refoulés aux
catacombes par des empereurs qui ne se las-
saient pas d'offrir à l'Église le choix entre
leurs idées et leurs bourreaux.

Dès que l'Église le put, elle songea sé-
rieusement à sortir de cette situation. La
phrase de saint Augustin avait eu le temps
de mûrir : « Nous désirons qu'ils soient cor-
« rigés, mais non mis à mort ; qu'on ne né-
« glige pas à leur égard une répression dis-

« ciplinaire, mais aussi qu'on ne les livre pas
« aux supplices qu'ils ont mérités. » Le pontificat conçut un dessein dont le dix-neuvième
siècle se glorifie beaucoup, mais dont les
papes s'occupaient déjà il y a six cents ans,
celui d'un *système pénitentiaire.* Il n'y avait
pour les fautes des hommes que deux sortes
de tribunaux en vigueur, les tribunaux civils
et les tribunaux de la pénitence chrétienne.
L'inconvénient de ceux-ci était de n'atteindre
que les pécheurs apportant volontairement
l'aveu de leurs crimes; l'inconvénient de
ceux-là, qui avaient la force en main, était
de ne posséder aucune puissance sur le cœur
des coupables, de les frapper d'une vindicte
sans miséricorde, d'une plaie extérieure in-
capable de guérir la plaie intérieure. Entre
ces deux tribunaux les papes voulurent établir un tribunal intermédiaire, un tribunal
de *juste milieu,* un tribunal qui pût pardonner, modifier la peine même prononcée, en-
gendrer le remords dans le criminel, et faire
suivre pas à pas le remords par la bonté; un

tribunal qui changeât le *supplice* en *pénitence*, l'échafaud en éducation, et n'abandonnât ses justiciables au bras fatal de la justice humaine qu'à la dernière extrémité : ce tribunal *exécrable*, c'est l'inquisition ; non pas l'inquisition espagnole, corrompue par le despotisme des rois d'Espagne et le caractère particulier de cette nation ; mais l'inquisition telle que les papes l'avaient conçue, telle qu'après beaucoup d'essais et d'efforts ils l'ont enfin réalisée, en 1542, dans la *Congrégation romaine du Saint-Office*, le tribunal le plus doux qu'il y ait au monde, le seul qui en trois cents ans de durée n'ait pas versé une goutte de sang.

Je ne suis pas le premier, du reste, à m'être aperçu de la nature *pénitentiaire et progressive* de l'inquisition ; le *Journal des Débats* l'avait vue bien avant moi : « Quel est ce- « pendant, dit-il, quel est le tribunal en Eu- « rope, autre que celui de l'inquisition, qui « absout le coupable lorsqu'il se repent et

« confesse son repentir? Quel est l'individu
« tenant des propos, affectant une conduite
« irréligieuse, et professant des principes
« contraires à ceux que les lois ont établis
« pour le maintien de l'ordre social ; quel est
« cet individu qui n'ait pas été averti deux
« fois par les membres de ce tribunal? S'il
« récidive, si, malgré les avis qu'on lui
« donne, il persiste dans sa conduite, on
« l'arrête ; et s'il se repent, on le met en li-
« berté. M. Bourgoing, dont les opinions ne
« pouvaient être suspectées lorsqu'il écrivait
« son *Tableau de l'Espagne moderne*, en par-
« lant du Saint-Office, dit : *J'avouerai, pour*
« *rendre hommage à la vérité, que l'inquisi-*
« *tion pourrait être citée de nos jours comme*
« *un modèle d'équité.* Quel aveu ! Et com-
« ment serait-il reçu si c'était nous qui le fai-
« sions ? Mais M. Bourgoing n'a vu dans le
« tribunal de l'inquisition que ce qu'il est
« réellement, un moyen de haute police (1). »

(1) *Journal des Débats* du 17 septembre 1805, sous.

C'est à propos de l'inquisition espagnole que le *Journal des Débats* s'exprimait de la sorte : que serait-ce donc si, au lieu d'arrêter ses regards sur une inquisition dénaturée, il eût considéré la donnée primitive de ce tribunal et sa réalisation complète dans la congrégation romaine du Saint-Office? C'est pourquoi si j'établis que saint Dominique n'a été ni l'inventeur de l'inquisition ni le premier inquisiteur, ce n'est pas pour décharger ses glorieuses épaules d'un fardeau trop inexplicable, c'est parce que le fait n'est pas vrai. Le germe de l'inquisition a précédé saint Dominique; saint Dominique n'a rien fait pour son développement, et ce n'est que long-temps après sa mort que ce tribunal a acquis une forme arrêtée et une puissance réelle.

le nom de *Journal de l'Empire,* rendant compte du *Tableau de l'Espagne moderne,* par M. Bourgoing, ancien ministre plénipotentiaire de la république française près de la cour d'Espagne.

En effet, les difficultés à vaincre étaient
énormes du côté de la pensée et du côté de
la réalisation. Il fallait tirer des cloîtres le
système pénitentiaire, et l'appliquer à la société extérieure par un tribunal qui ne pouvait pas être laïque, tout en ayant besoin du
concours des laïques, et qui ne pouvait pas
non plus être épiscopal, tout en ayant besoin
du concours des évêques. Ce tribunal ne pouvait pas être laïque, parce que la réforme intérieure des coupables et la proportion de la
miséricorde au degré de la réforme obtenue,
exigent nécessairement l'intervention du
prêtre, une conscience consacrée pour recevoir des aveux : cependant le concours des
laïques était nécessaire, puisque l'Église ne
possède par elle-même aucun moyen de contrainte. Ce tribunal ne pouvait pas non plus
être épiscopal, parce que les évêques, acca-
blés du fardeau de leurs diocèses, auraient
plié sous cette nouvelle charge, et que d'ailleurs la direction de procédures criminelles
leur eût ôté devant les peuples quelque chose

de la majesté tendre qu'ils ne doivent jamais
abdiquer : cependant leur concours était nécessaire, parce qu'ils sont juges nés de toutes
les questions de doctrine. C'était d'ailleurs
un élément si nouveau à introduire dans la
marche générale des affaires humaines, que
jamais l'inconnu n'a dû exiger plus de tâton-
nemens.

En 1184, le pape Lucius III, chassé de
Rome par les insultes répétées des Romains,
était à Vérone. L'empereur Frédéric Ier y
vint accompagné d'un grand nombre d'évêques et de seigneurs. Ils tinrent ensemble un
grand concile, sur lequel Fleury fait la remarque suivante dans son *Histoire Ecclésiastique :* « Je crois y voir, dit-il, l'origine de
« l'inquisition contre les hérétiques, en ce
« que l'on ordonne aux évêques de s'informer
« par eux-mêmes ou *par commissaires* des
« personnes suspectes d'hérésie, suivant la
« commune renommée et les dénonciations
« particulières ; que l'on distingue les degrés

« de *suspects, convaincus, pénitens* et *relaps* ,
« suivant lesquels les peines sont différen-
« tes; enfin, qu'après que l'Église a employé
« contre les coupables les peines spirituelles,
« elle les abandonne au bras séculier (1). »

Il n'est pas douteux, en effet, que les premiers linéamens de l'inquisition ne soient là
tout entiers, quoique informes : recherche
des hérétiques par commissaires, application
de peines spirituelles graduées, abandon au
bras séculier en cas d'impénitence manifeste,
concours des laïques et des évêques. Il n'y
manque qu'une forme définitive, c'est-à-dire,
l'élection d'un tribunal particulier qui exerce
ce nouveau mode de justice; mais on n'en
vint là que beaucoup plus tard.

Douze ans après le concile de Vérone, en
1198, apparaissent les premiers commissai-
res-inquisiteurs dont l'histoire ait conservé

(1) Hist. eccl., liv. LXXIII, n° 54.

le nom. C'étaient deux moines de l'ordre de Cîteaux, Rainier et Guy. Ils furent envoyés dans le Languedoc par le pape Innocent III, pour la recherche et la conversion des hérétiques Albigeois. Fleury, dans son *Histoire Ecclésiastique*, et don Vaissette, dans l'*Histoire du Languedoc*, leur donnent également la qualification d'inquisiteurs (1).

Les trois légats de l'ordre de Cîteaux que saint Dominique et l'évêque d'Osma rencontrèrent à Montpellier vers la fin de l'an 1205 étaient pareillement des commissaires inquisiteurs.

Ainsi, au moment où saint Dominique arrive sur la scène, il y avait vingt et un ans que les bases de l'inquisition avaient été posées au concile de Vérone, et c'était l'ordre de Cîteaux qui exerçait ce nouvel emploi

(1) Hist. eccl., liv. LXXV, n° 8.—Hist. du Languedoc, t. III, liv. XXI, p. 13.

sous sa forme primitive et encore inconsis-
tante. Et comment saint Dominique se pré-
-sente-t-il aux légats? « Laissez, leur dit-il, ces
équipages, ces valets, ces insignes, ce luxe,
qui n'est bon qu'à endurcir les hérétiques ;
allons à pied les chercher et leur parler, allons souffrir et mourir pour eux. » Chose
inouïe ! le rationalisme a pris juste le contre-
pied de l'histoire. Dans cette terrible guerre
des Albigeois, ce sont les abbés de Cîteaux
qui conduisent tout, qui président les assemblées des évêques et des chevaliers, qui dé-
ploient contre les hérétiques toutes les forces
du siècle et de l'Église ; saint Dominique au
contraire se montre ce que nous appellerions
aujourd'hui *un homme nouveau*. Il ne paraît
pas plus dans les conseils que dans les com-
bats ; il prie, il jeûne, il prêche ; il arrache
un jeune homme au dernier supplice en affir-
mant qu'il sera un jour un grand saint. Une
pauvre femme hérétique lui déclare qu'elle
ne peut pas quitter l'hérésie, qui la fait vivre ;
saint Dominique veut se vendre comme es-

clave pour lui procurer du pain. Il rassemble
de jeunes filles en communauté afin de les
arracher à la tentation de la misère. Il fonde
un nouvel ordre religieux, non pour agir
sur les hérétiques par la contrainte, mais
par la prédication et la science divine. De
tous les contemporains qui ont écrit sa vie,
Thierri d'Apolda ; Constantin, évêque d'Or-
viete ; Barthélemy, évêque de Trente ; le
père Humbert ; Nicolas Trevet, aucun ne lui
attribue un seul acte relatif à l'inquisition ;
tous le représentent, comme les Cortès espagnoles de 1812, n'ayant d'autres armes que
la prière, la patience et l'instruction, sauf
qu'ils y ajoutent les miracles, ce qui ne fait
de mal à personne. Il assiste en 1215 au
quatrième concile œcuménique de Latran :
c'était une belle occasion d'avancer les affaires de l'inquisition s'il eût voulu s'en mêler ;
elles y restent stationnaires. En 1216, son
ordre est approuvé par deux bulles du pape
Honorius III ; dans aucune de ces bulles il
n'est parlé de ses services comme inquisi-

teur. Pendant les cinq années qu'il vécut encore, il reçut du Saint-Siége des brefs et des
diplômes : aucun ne lui donne le titre d'inquisiteur. Huit ans après sa mort, un concile est assemblé à Toulouse sous la prési-
dence d'un délégué apostolique ; on y renouvelle d'une manière plus complète les décrets
du concile de Vérone relatifs à l'inquisition :
eh bien ! dans cette ville de Toulouse, où
saint Dominique était si connu, où son ordre
avait commencé, où il avait un établissement, ce n'est pas aux Frères Prêcheurs que
le concile confie la charge d'inquisiteurs.

« Les évêques, dit le concile, choisiront
« en chaque paroisse *un prêtre et deux ou*
« *trois laïques* de bonne réputation, aux-
« quels ils feront faire serment de recher-
« cher exactement et fréquemment les héré-
« tiques, etc. (1). »

Ce décret eût-il été possible si saint Domi-

_____

(1) Fleury, Hist. eccl., liv. LXXIX, n° 58, à l'an 1229.

nique avait été le fondateur et le promoteur
de l'inquisition, s'il l'eût laissée aux siens
comme une part de son héritage? Le nom
même de *Frères Prêcheurs* est une immortelle protestation du but que s'est proposé
saint Dominique, comme le nom de *Frères
Mineurs* est une immortelle protestation du
but que s'est proposé saint François d'Assise.
Tous les deux ont été les hommes nouveaux
de leur temps. Ils ont arboré, pour sauver
l'Église, un autre étendard que celui de la
puissance humaine, et c'est pourquoi les
esprits les plus indépendans de ces siècles-là
ont exalté leur commune mémoire. Quand
saint Dominique et saint François se rencontrèrent sous le péristyle de Saint-Pierre, se
reconnurent sans s'être jamais vus, se jetè-
rent au cou l'un de l'autre, c'étaient les deux
éternelles forces de l'Église qui s'embras-
saient : la pauvreté et la parole.

J'ajouterai à ces preuves l'examen des raisons de nos adversaires, consignées dans

l'*Histoire de l'Inquisition* de Philippe de Lymborch , au chapitre 10 du livre Ier. Lymborch
avait un moyen fort simple d'établir sa thèse
contre saint Dominique : il n'avait qu'à citer
les auteurs contemporains ; mais pas un auteur contemporain n'attribuant à saint Dominique les faits que lui imputent les protestans et les rationalistes, Lymborch s'est
borné aux étranges preuves qu'on va voir :

Premièrement : la maison de l'inquisition,
à Toulouse, est une maison qui avait été
donnée à saint Dominique ; donc saint Dominique a été le premier inquisiteur. La maison
dont parle Lymborch fut donnée , l'an 1215,
à saint Dominique par Pierre Cellani , et cette
maison devint celle de l'inquisition en 1233,
c'est-à-dire, douze ans après la mort de saint
Dominique, lorsque Pierre Cellani , à qui elle
avait d'abord appartenu , et qui était alors
Frère Prêcheur, fut nommé inquisiteur de
Toulouse par le pape Grégoire IX. Ces faits
sont rapportés dans la chronique contempo-

raine de Guillaume de Puy-Laurens, chape-
lain de Raymond VII, comte de Toulouse.

Deuxièmement : Louis de Param, qui a
écrit sur l'origine et les progrès de l'inquisition, dit que saint Dominique s'ouvrit à un
légat du pape, en France, de la pensée qu'il
avait *d'introduire l'inquisition*, et qu'il fut en
effet nommé inquisiteur après le concile de
Latran, dans des lettres pontificales que
quelques auteurs témoignent avoir vues. Or,
Louis de Param écrivait son traité à la fin du
seizième siècle, près de quatre cents ans
après la mort de saint Dominique, et il ne
cite aucun auteur contemporain à l'appui de
son assertion. Lymborch attache si peu de foi
lui-même à son témoignage, qu'il ajoute im-
médiatement : « *Quoi qu'il en soit*, il est con-
« stant que saint Dominique fut un homme
« cruel et sanguinaire. » Puis, en preuve de
cette cruauté, il cite l'acte d'une pénitence
publique imposée par saint Dominique à un
nommé Ponce Roger pour le réconcilier à

l'Église, pénitence en usage alors, et qui était pour ce temps-là aussi simple que les pénitences canoniques de l'Église primitive.

Ceux qui prendront la peine d'ouvrir Lymborch s'assureront par leurs propres yeux qu'il ne donne pas d'autres raisons de la qualité de premier inquisiteur par lui attribuée à saint Dominique.

Or, les Frères Prêcheurs ne furent pas plus les promoteurs de l'inquisition que leur patriarche n'en avait été l'inventeur. Les papes, les évêques, les rois, voilà quels furent les promoteurs de l'inquisition. « Le pape, dit « Lymborch, faisait tous ses efforts pour « qu'une puissance plus grande fût conférée « aux inquisiteurs, et pour qu'ils eussent un « tribunal où ils siégeassent comme juges « délégués du souverain Pontife, et repré- « sentant sa personne dans toutes les causes « d'hérésie (1). »

(1) Hist. de l'Inquis., liv. 1, ch. 12.

Quant aux évêques, nous avons déjà vu leur
action dans le concile de Toulouse, en 1229,
et ce furent encore eux qui dans d'autres
conciles, l'un tenu à Narbonne en 1235, l'autre à Béziers en 1246, dressèrent les premiers
réglemens de l'inquisition de concert avec
les légats du Saint-Siége (1).

Les princes s'en mêlèrent aussi, et plus que
personne : « L'empereur Frédéric II, dit Lym-
« borch, promu'gua à Padoue quelques lois
« contre les hérétiques, leurs complices et
« leurs fauteurs, qui avancèrent beaucoup
« l'affaire de l'inquisition (2). » Saint Louis,
en 1255, pria le pape Alexandre IV d'établir
des inquisiteurs de la foi dans le royaume de
France (3). A peu près à cette même époque,
le sénat de Venise, de son propre mouvement et de sa propre autorité, nomma quel-

(1) Fleury, Hist. eccl., liv. LXXX, n° 51, et liv. LXXXII,
n° 41.—Lymborch, Hist. de l'Inquis., liv. I, ch. 12.
(2) Hist. de l'Inquis., liv. I, ch. 12.
(3) *Ibid.*, liv. I, ch. 16.

ques laïques inquisiteurs de la foi, chargea
le patriarche de Grade et les autres évêques
vénitiens de juger la question de doctrine,
et se réserva de prononcer la peine capitale
contre ceux qui auraient été convaincus d'hérésie (1). En 1419, Alphonse, roi d'Aragon,
demanda au pape Martin V d'étendre l'inquisition au royaume de Valence (2). Vers la fin du
quinzième siècle, « les rois catholiques (Isa-
« belle et Ferdinand) sollicitèrent instamment
« le pontife romain de leur donner le pouvoir
« de créer des inquisiteurs dans les royaumes
« de Castille et de Léon... et, afin qu'aucune
« nation ne les surpassât dans le zèle contre les
« adversaires de la foi romaine, ou plutôt afin
« de les surpasser toutes, ils introduisirent
« l'inquisition dans leurs royaumes par l'auto-
« rité du pape Sixte IV, avec une pompe plus
« grande, un appareil plus auguste et un pou-
« voir plus ample (3). » Les Cortès de 1812

(1) Hist. de l'Inquis., liv. i, ch. 17.
(2) *Ibid.*, liv. i, ch. 23.
(3) *Ibid.*, liv. i, ch. 24, alinéas 3 et 4.

s'expriment comme Lymborch sur ce point :
« L'inquisition fut, dans son principe, une
« institution *demandée et établie par les rois*
« *d'Espagne* dans des circonstances difficiles et
« extraordinaires (1). » En 1519, les Aragonais
ayant obtenu du pape Léon X un adoucisse-
ment aux procédures de l'inquisition telles
que les avaient réglées Isabelle et Ferdinand,
Charles-Quint s'opposa à l'exécution des bulles, et obtint, à force d'instances, que les choses resteraient sur le même pied (2). En 1543,
l'inquisition étant tombée en désuétude dans
la Sicile, « Charles-Quint, par un décret de
« son conseil, la renouvela, et voulut qu'elle
« jouît de tous ses priviléges antérieurs (3). »
En 1521, le roi de Portugal, Jean III,
« supplia vivement le souverain pontife Clé-
« ment VII d'accorder à ses royaumes le tri-

(1) Rapport sur le tribunal de l'Inquisition, etc.,
p. 37.

(2) *Ibid.*, p. 52.

(3) Lymborch, Hist. de l'Inquis., liv. I, ch. 27.

« bunal de l'inquisition. Et quoique ce pape,
« à cause des sollicitations des Juifs qui s'op-
« posaient aux désirs du roi, *eût résisté long-*
« *temps et souvent*, il finit, *à regret*, par
« donner son consentement dans la forme du
« droit, le 16 des calendes de janvier de
« l'an 1531..... Cependant, le même seigneur
« roi Jean III, voyant que les affaires de la
« foi allaient de plus en plus à leur ruine, et
« *que le souverain pontife ne paraissait pas*
« *en quelque sorte s'en soucier*, employa le
« remède de l'inquisition, *sous une forme plus*
« *convenable à l'état des choses*, et il en écri-
« vit au souverain pontife dans des lettres
« tout-à-fait dignes de son zèle, où il lui di-
« sait que, soit près de lui, soit près de son
« prédécesseur Clément VII, il avait postulé
« à ce sujet pendant quinze années avec une
« extrême sollicitude. Le pape, touché de ces
« lettres et des raisons qu'elles contenaient,
« ceda enfin, l'an du Seigneur 1536 (1). »

___

(1) Antonio Sousa, *De l'origine du Saint-Office de*

Après tous ces princes, arriva Philippe II, *le véritable fondateur de l'inquisition* en Espagne, selon les cortès de 1812.

Ces faits ne laissent aucun doute sur les vrais promoteurs de l'inquisition : ce furent les papes, les évêques de France, l'empereur d'Allemagne, le sénat de Venise, les rois d'Espagne et de Portugal. On aura même remarqué, en avançant, l'ardeur croissante des princes, et la répugnance marquée des souverains pontifes à se mêler du développement que la politique veut donner à l'inquisition. Nous en verrons tout à l'heure de nouvelles preuves.

Les Frères Prêcheurs ne furent pas davantage les principaux instrumens de l'inquisition, ils y eurent part *comme tout le monde*. Il n'existe aucune bulle, aucun acte pontifi-

l'inquisition dans le royaume de Portugal, cité par Lymborch, Hist. de l'Inquis., liv. I, ch. 25.

cal, épiscopal ou royal, qui ait jamais attri-
bué exclusivement ni généralement aux Dominicains l'office de l'inquisition. L'ordre de
Cîteaux en fut chargé le premier, et le concile de Toulouse de 1229 ne songea même
pas à en investir les Frères Prêcheurs dans le
lieu de leur origine. Ce n'est qu'en 1232 qu'un
diplôme de Grégoire IX, adressé à l'archevêque de Tarragone, lui recommanda de choisir pour l'office de l'inquisition des Frères Prêcheurs *et d'autres qu'il jugera capables* (1).
En 1233, le même pape nomma deux Dominicains inquisiteurs à Toulouse (2). En 1238,
il donne pouvoir au provincial des Frères
Prêcheurs de Lombardie de créer des inquisiteurs dans son arrondissement (3). Cependant les Frères Mineurs sont appelés au partage de ces fonctions. Dès 1238, l'histoire

(1) Lymborch, Hist. de l'Inquis., liv. i, ch. 13.

(2) Chroniques de Bernard Guidonis et de Guillaume
de Puylaurens.

(3) Lymborch, Hist. de l'Inquis., liv. i, ch. 13.

désigne un Frère Mineur comme inquisiteur
à Toulouse; et en 1239, le pape écrit en
commun au ministre des Frères Mineurs et au
maître des Frères Prêcheurs de la Navarre,
pour leur confier le ministère de l'inquisition (1). En 1254, Innocent IV partagea l'Italie, sous ce rapport, entre les Frères Mineurs et les Frères Prêcheurs : il donna aux
premiers la ville de Rome, le patrimoine de
saint Pierre, le duché de Spolete, le reste
des États Romains jusqu'à Bologne, et de
plus la Toscane; aux seconds, la Lombardie, le Bolonais, la marche de Trévise et
Gênes (2). Ainsi les Frères Prêcheurs n'eurent pas Rome ni les États Romains dans leur
juridiction; ce qui prouve évidemment que
le pape n'avait à leur égard aucune intention
de préférence. En 1255, à la prière de saint
Louis, Alexandre IV partagea l'inquisition

(1) Lymborch, Hist. de l'Inquis., liv. I, ch. 13.—Et
Lucas Wading, Hist. des Frères Mineurs, à l'an 1238.
(2) Hist. de l'Inquis., liv. I, ch. 15.

de France entre les Frères Prêcheurs et les
Frères Mineurs (1). En 1285, l'inquisition de
la Sardaigne est confiée aux Frères Mineurs
par le pape Honorius IV (2). A la fin du même
siècle, ils remplissaient ce ministère en Syrie
et en Palestine (3).

D'ailleurs, il est bon de se souvenir que
pendant long-temps les inquisiteurs n'eurent
pas le pouvoir de juger les causes d'hérésie.
Ce ne fut que sous Innocent IV, environ
soixante-dix ans après le concile de Vérone,
que ce droit leur fut dévolu, et qu'ils eurent
un tribunal proprement dit (4). Jusque là les
évêques demeuraient seuls juges des affaires
qui leur étaient déférées par les inquisiteurs;
et même après la constitution définitive des
tribunaux de l'inquisition, nul jugement de
condamnation ne devait être rendu sans le

(1) Bergier, Dict. de théol., au mot *Inquisition*.

(2) Hist. de l'Inquis., liv. i, ch. 16.

(3) *Ibid.*, liv. i, ch. 16.

(4) *Ibid.*, liv. i, ch. 15.

concours épiscopal. « Quand l'évêque et l'in-
« quisiteur, dit Lymborch, ne sont pas d'ac-
« cord, ils ne peuvent procéder à une sen-
« tence définitive; mais ils sont tenus d'en-
« voyer l'instruction au pape, ou bien, en
« Espagne, à la cour suprême de l'inquisi-
« tion (1). » Par conséquent les évêques ont
été constamment les principaux et ordinaires
juges de l'inquisition, tandis qu'aucun ordre
religieux n'y était exclusivement appelé; et
cela est encore plus vrai de l'inquisition espagnole que d'aucune autre.

Il y a eu dans l'inquisition espagnole deux
momens solennels qu'il ne faut pas confon-
dre : l'un à la fin du quinzième siècle, sous
Isabelle et Ferdinand, avant que les Maures
fussent chassés de Grenade, leur dernier asile;
l'autre, au milieu du seizième siècle, sous
Philippe II, lorsque le protestantisme mena-
çait de se propager en Espagne. Le comité

(1) Hist. de l'Inquis., liv. ii, ch. 17.

des Cortès a parfaitement distingué ces deux époques, et, autant il flétrit l'inquisition de Philippe II, autant il s'exprime avec modération sur l'inquisition d'Isabelle et de Ferdinand. Il dit de celle-là : « Philippe II, le « plus absurde des princes, fut le véritable « fondateur de l'inquisition ; ce fut sa politi-« que raffinée qui la porta à ce point de hau-« teur où elle était montée (2). » Il dit de celle-ci : « L'inquisition fut, dans son prin-« cipe, une institution demandée et établie « par les rois d'Espagne dans des circonstan-« ces difficiles et extraordinaires (2). » En effet, la prise de Grenade n'avait pas encore décidé entre les Maures et les Espagnols la question de savoir qui resterait maître du territoire espagnol, cette question qui avait déjà huit siècles. Les Maures unis aux Juifs, et cachés sous de fausses apparences de conversion chrétienne, remplissaient l'Espagne.

(1) Rapport sur le tribunal de l'Inquis., etc., p. 69.
(2) *Ibid.*, p. 37.

« Les richesses des judaïsans, leur influence,
« leurs alliances avec les familles les plus
« illustres de la monarchie, les rendaient in-
« finiment redoutables; c'était véritablement
« une nation renfermée dans une autre (1). »
Les Cortès demandèrent contre ces ennemis
abhorrés des mesures sévères, et Ferdinand
crut que l'inquisition, mais une inquisition
nouvelle et terrible, était le seul moyen d'en
finir avec eux. Toute l'Europe le comprit
ainsi, et lorsque, plus tard, Philippe II voulut introduire à Milan l'inquisition espagnole,
le peuple se souleva, et on l'entendit crier
dans les rues : « C'est une tyrannie d'imposer
« à une ville chrétienne une forme d'inquisi-
« tion imaginée contre les Maures et les
« Juifs (2). »

Isabelle et Ferdinand, ayant pris leur parti,
« confièrent les affaires de la foi à l'archevê-

(1) Rapport sur le tribunal de l'Inquis., etc., p. 53.
(2) Lymborch, Hist. de l'Inquis., liv. 1, ch. 27.

« que de Séville, Gonzalve de Mendoza, et lui
« donnèrent pour assistant le Dominicain
« Thomas de Torquémada (1). » Après plusieurs démarches qui durèrent quelques années, en 1584, « il fut tenu à Séville une il-
« lustre assemblée d'hommes instruits dans
« les deux droits et dans la sacrée théologie,
« et l'on y régla l'ordre qu'il faudrait suivre
« dans les procédures contre les hérétiques.
« Ce sont encore ces lois qu'observent au-
« jourd'hui les inquisiteurs, mais augmen-
« tées plus tard de nouvelles instructions (2). »

Charles-Quint mourant recommanda l'inquisition à son fils Philippe II, par une clause
de son testament ainsi conçue : « Je lui re-
« commande par-dessus tout de combler de
« faveurs et d'honneurs l'office de la sainte
« inquisition, divinement instituée contre les
« hérétiques. » Et il ajouta dans un codicile :

(1) Lymborch, Hist. de l'Inquis., liv. i, ch. 24.
(2) *Ibid.*

« Je lui demande instamment, de la manière
« la plus forte que je puis , et je lui ordonne
« comme un père bien-aimé, au nom de son
« amour respectueux pour moi, de se souve-
« nir ardemment d'une chose *d'où dépend le*
« *salut de toute l'Espagne* , savoir, de ne ja-
« mais laisser les hérétiques impunis , et ,
« pour cela , de combler de grâces l'office de
« la sainte inquisition, dont la vigilance ac-
« croît la foi catholique dans ces royaumes
« et y conserve la religion chrétienne (1). »

Philippe II n'oublia jamais le testament et
le codicile de son père. Comme lui , il appli-
qua aux protestans l'inquisition , qu'Isabelle
et Ferdinand, de concert avec tous les ordres
de l'Espagne, avaient créée contre les Juifs et
les Maures. Il la rendit plus dure encore ; il
inventa, pour effrayer l'hérésie , ces fameux
actes connus sous le nom *d'autodafés* , où le
supplice devenait une sorte de fête aussi ex-

(1) Lymborch , Hist. de l'Inquis., liv. 1, ch. 30.

traordinaire par les spectateurs que par les
patients. Le premier eut lieu à Séville, l'an
1559. De ce moment, l'inquisition espagnole,
ouvrage de la politique, affaire nationale et
royale, appela sur le but et l'histoire générale de l'inquisition une facile calomnie. Ses
procédés étranges se gravèrent dans les ima-
ginations, et le peuple espagnol lui-même,
qui voyait et souffrait tout cela, apparut au
monde sous des couleurs odieuses. Je ne me
charge pas de le justifier. Le comte Joseph
de Maistre, dans ses *Lettres sur l'inquisition
espagnole,* a essayé de le faire; pour moi, ma
tâche est tout autre.

Voici notre part dans l'inquisition espagnole, telle que nous l'enseigne le juriscon-
sulte Pegna, dans ses commentaires sur le
Directoire des inquisiteurs. « En Espagne,
« Ferdinand, roi d'Aragon et de Castille, cin-
« quième du nom, vers l'an du Seigneur 1476,
« ainsi que le témoignent nos histoires,
« *enleva aux Frères Dominicains l'office de*

« *l'inquisition*, *et le donna aux clercs sécu-*
« *liers*. Il chargea en même temps, par l'au-
« torité pontificale, le très illustre cardinal
« Mendoza de reconstituer cet office. Celui-
« ci, de concert avec un grand nombre
« d'hommes savans, établit les lois et prescri-
« vit l'ordre que les inquisiteurs doivent sui-
« vre en Espagne (1). »

Lymborch dit expressément la même
chose : « Cet office n'est plus comme autre-
« fois confié aux Frères Prêcheurs ou Domi-
« nicains ; mais on commença d'en remettre
« la charge *aux clercs séculiers habiles dans*
« *les canons et les lois*, et peu à peu il leur
« fut dévolu tout entier, *de sorte que les Frè-*
« *res Dominicains n'y ont plus aucune part*,
« sinon qu'on se sert souvent d'eux pour
« qualifier les propositions qu'il s'agit de ju-
« ger, et faire le devoir des consulteurs (2). »

(1) Pegna, Commentaire sur le *Directoire des Inqui-*
siteurs de Nicolas Eymeric, 3ᵉ partie, scholie 43.

(2) Hist. de l'Inquis., liv. ɪ, ch. 24.

Ce ne fut qu'en 1618 que Philippe III donna *une place* aux Dominicains dans le conseil suprême de l'inquisition, composé de *onze* ou *treize* membres.

Un fait inouï fera juger du crédit qu'avaient dans l'inquisition d'Espagne les Frères Prêcheurs. L'un d'eux, Barthélemy Caranza, était archevêque de Tolède, homme vénérable, qui avait été honoré de la confiance de ses souverains, et qui jouissait de l'estime universelle sur le premier siége épiscopal de la monarchie. Il fut tout d'un coup arrêté par ordre de l'inquisition. Vainement le pape Pie IV le réclama ; vainement le concile de Trente, qui était assemblé, intervint en sa faveur ; vainement la congrégation chargée par le concile de l'examen des livres déclara orthodoxe le catéchisme de Caranza, qui servait de prétexte à son arrestation : l'inquisition fut inexorable. Elle le retint huit années dans ses prisons, et ne consentit à l'envoyer à Rome, pour y être jugé, que sur un ordre

14

de Philippe II. Telle était la puissance des Dominicains sur l'inquisition d'Espagne ; telle
aussi celle du pape et d'un concile œcuménique, même dans une occasion où l'injustice
paraissait manifeste, et où toute la cause se
réduisait à ce mot spirituel de Caranza entrant au château Saint-Ange : « Je suis tou-
« jours entre mon plus grand ami et mon
« plus grand ennemi, entre ma conscience
« et mon archevêché de Tolède (1). »

Bref, l'inquisition espagnole était un tribunal royal, « dont aucune ordonnance ne
« pouvait être publiée sans le consentement
« préalable du roi (2) ; » tribunal qu'on avait
bien cherché à élever sous le nom des souverains pontifes, mais qui, au fond, ne dépen-
dait en rien de leur direction. Aussi les papes s'opposèrent-ils toujours à ce qu'il fût in-

(1) Vies des hommes illustres de l'ordre des Frères
Prêcheurs, par le père Touron.

(2) Rapport sur le tribunal de l'Inquis., etc., p. 89.

troduit à Naples, dans leur voisinage, et toutes les négociations de la cour d'Espagne
n'ont pu parvenir à vaincre sur ce point leur
insurmontable répugnance (1). Bien loin
d'augmenter les rigueurs de l'inquisition, ils
furent avertis, par l'abus qu'on en faisait, que
le moment était venu de mettre à couvert
devant Dieu et devant les hommes leur auguste responsabilité. Paul III fonda, en 1542,
la congrégation romaine du Saint-Office, qui
ne fut d'abord composée que de six cardinaux, et révoqua tous les pouvoirs inquisito-
riaux précédemment accordés. C'est cette
congrégation dont personne ne sait rien, tant
elle a été douce, si ce n'est que, Galilée vou-
lant à toute force appuyer un système d'as-
tronomie sur les Livres saints, elle le traita
par deux fois avec la plus magnifique délica-
tesse (2). Et Bergier a pu dire d'elle, sans

(1) Lymborch, Hist. de l'Inquis., liv. 1, ch. 26.
(2) Lettres de Guichardin et du marquis Nicolini,
ambassadeurs de Florence à Rome, citées par Bergier,

crainte d'être démenti par tout le dix-huitième siècle attentif, qu'*elle n'avait jamais
signé une condamnation capitale* (1).

Ainsi, pendant que l'Espagne et le Portugal accouraient aux *autodafés*, que la France
créait ses *chambres ardentes* contre l'hérésie,
que Henri VIII suppliciait soixante-dix mille
hommes dans le cours de son règne, et que
la *bonne* reine Élisabeth faisait manger les
chevaux anglais dans le ventre ouvert des
catholiques, à cette époque de sang, Rome
n'en versait pas une goutte ! Rome, aux pieds
de laquelle venaient de fleurir les trois plus
beaux siècles de l'Italie ! Rome, qui avait vu
naître autour d'elle le Dante, l'Arioste, le
Tasse, Machiavel, Bembo, Galilée, Guichar-

dans son Dictionnaire de théologie, article *Sciences
humaines.*

(1) Dictionnaire de théologie, au mot *Inquisition.*
Voici la phrase exacte : « Les exécutions à mort sont
« très rares, soit en Espagne, soit en Portugal, *et*
« *l'on n'en connaît aucun exemple à Rome.* »

din, et tant d'autres dont le nom n'a pas besoin d'être prononcé pour être entendu ! Rome, se surpassant elle-même au plus fort du danger, conférait au vicaire de Dieu le titre inaliénable d'*inquisiteur universel*, et, par une magie dont elle seule a le secret, elle rendait ce titre invisible sur le front du Pontife, comme l'épée l'est dans le fourreau. On dira peut-être que cela n'était guère difficile, puisqu'il n'y avait point d'hérétiques à Rome : mais le but de l'inquisition avait été précisément qu'*il n'y eût pas d'hérétiques à punir*, et Dieu n'a pas permis que cette honorable pensée fut tout-à-fait dépourvue de succès. On a vu constamment Rome être à la fois la cité de l'orthodoxie et la cité de la douceur, pure comme une vierge, et faible comme elle.

Je crois avoir prouvé par tout ce qui précède que les Dominicains ne furent ni les inventeurs, ni les promoteurs, ni les principaux instrumens de l'inquisition, et que

personne moins qu'eux n'est responsable des
excès de l'Espagne en ce genre. Il reste sans
doute qu'ils prirent part à l'inquisition ; mais
qui n'y a point pris part en Europe? L'inquisition était un progrès véritable, comparée
à tout ce qui avait eu lieu dans le passé.
A la place d'un tribunal sans droit de grâce,
assujetti à la lettre inexorable de la loi, on
avait un tribunal flexible, duquel on pouvait
exiger le pardon par le repentir, et qui ne
renvoya jamais au bras séculier que l'immense minorité des accusés. L'inquisition a
sauvé des milliers d'hommes qui eussent péri
par les tribunaux ordinaires ; les Templiers
réclamèrent sa juridiction, *sachant bien*, di-
sent les historiens, que *s'ils obtenaient de tels
juges, ils ne pouvaient plus être condamnés à
mort* (1). Est-ce bien d'ailleurs à notre siècle
à se plaindre de l'inquisition ? A-t-il fondé la
liberté des cultes, dont il parle tant, et ne vi-

(1) M. de Maistre, Ire Lettre sur l'Inquisition espagnole.

vons-nous pas en plein régime d'inquisition,
avec un mensonge de plus ? On recherche de
pauvres filles qui couchent sur la dure (1) ;
on les recherche, parce qu'elles vivent sous
une pensée de foi, et qu'au lieu de s'associer
pour quelque besogne industrielle, elles s'as-
socient pour prier en travaillant ; on les
traîne devant les tribunaux ; on y sollicite
leur expulsion de leur propre foyer ; on l'ob-
tiendra peut-être : qu'eût fait de plus l'inquisition ? On entend des orateurs dénoncer à la
tribune le moindre bruit religieux, et l'on
croirait qu'ils passent leur vie à écouter si
quelque poitrine française ne bat pas chré-
tiennement contre une autre poitrine : qu'eût
fait de plus l'inquisition ? Ces hommes si
âpres à persécuter devraient au moins com-
prendre pourquoi, de tout temps, le genre
humain a pris des précautions contre l'erreur ; ils devraient savoir par leurs propres
passions que l'erreur et la tyrannie sont insé-

(1) Affaire des Carmélites de Libourne.

parables. Laissons là le passé, sur lequel il est aisé de se méprendre, et voyons le présent.

Qui persécute en Europe? Qui persécute, après cent ans de déclamation en prose et en vers contre la persécution? Est-ce donc qu'il est besoin de le dire? Tout l'univers entend les gémissemens de l'Irlande catholique opprimée par l'Église anglicane. Il a vu la Hollande calviniste pousser à bout les catholiques belges, sans que l'intérêt de la conservation ait pu prévaloir un moment contre l'instinct de la tyrannie *réformée*. Il voit la Prusse protestante, ayant à sa tête un roi que le malheur et la prospérité ont vainement instruit, jeter dans les prisons un archevêque en lui refusant des juges, traiter la conscience de crime d'état, violer pour une question de bénédiction spirituelle la foi promise à la moitié d'un peuple, et révéler, par un mélange perpétuel de violence et d'hypocrisie, le caractère d'un pouvoir à qui rien n'est plus sacré que ce que la peur déclare tel.

Tout l'univers connait le martyre de l'église de Pologne , martyre atroce qui dure depuis sept ans, et qui paraît ne devoir cesser qu'après l'entière extinction de la nation polonaise et de sa foi. Il a été témoin , à l'autre extrémité de l'Europe , de spectacles non moins barbares, et cette fois ce n'étaient pas les rois qui étaient les bourreaux , mais le libéralisme rationaliste, qui cherchait apparemment dans les entrailles des moines espagnols et portugais le secret de la liberté de conscience. Et, au milieu de ces scènes sauvages d'oppression, où est-elle en Europe, la liberté de conscience? Un seul peuple l'a vraiment établie, et c'est un peuple catholique. Les Belges, victorieux de la Hollande par le secours de Dieu , maîtres de se donner la constitution qu'il leur plaisait, ont proclamé dans leur charte une vérité qui deviendra plus visible de jour en jour, c'est que l'Église catholique n'a besoin, pour être souveraine, que de sa libre action sur les intelligences et les volontés, et qu'elle n'a jamais recours au

bras séculier que par voie de défense contre
les persécuteurs. Voilà la vérité, la vérité
qui justifiera l'Église au tribunal de Dieu et
du genre humain assemblés un jour en face
l'un de l'autre. Oui, rois, peuples, majestés
de la terre, l'Église catholique ne réclame de
vous ici-bas que le *passage*, comme disait
Bossuet, mais *le passage libre*. Il ne lui en
faut pas davantage pour être plus forte que
vous tous, non d'une force dominatrice qui
s'adresse à vos affaires temporelles, mais
d'une force persuasive qui vous entraîne,
âme et corps, à l'éternité. Vous le savez bien,
et parce que vous ne voulez pas subir cette
attraction spirituelle, vous en tarissez la
source autant que possible : à la bonne heure,
vous en êtes les maîtres, mais du moins
avouez vos œuvres. Et s'il arrive qu'un peuple
entier, devenu catholique, prenne des mesures unanimes contre le retour de votre ini-
quité, ne l'accusez pas d'être persécuteur, à
moins que l'esclave qui enferme son geôlier
ne soit un persécuteur, et que la victime qui

fait reculer l'assassin ne soit un bourreau.

Soyons généreux : accordons, si vous le
voulez, que la vérité et l'erreur furent également intolérantes. Eh bien ! qu'a gagné le
monde à cette lutte funeste ? La vérité n'a
pas détruit l'erreur, et l'erreur n'a pas détruit
la vérité ; victorieux sur un point, on a suc-
combé sur un autre. N'est-il pas temps de
sortir de voies si malheureuses ? Soixante
siècles de vicissitudes sanglantes ne suffisent-
ils pas à notre instruction ? Posons enfin la
borne aux maux du passé, et que cette pierre
pacifique, plantée d'un commun accord entre
ce qui fut et ce qui sera, présage à nos des-
cendans une meilleure solution des problèmes
humains que celle qu'on avait espérée du
glaive, et que le glaive n'a point donnée.

CHAPITRE VII.

Conclusion.

———

J'ai dit sans crainte à mon pays ce que je
me propose et ce que je pense. Je crois qu'il
a des raisons de m'être favorable. A toutes
celles que je lui ai données, je n'en ajouterai
plus qu'une. Une des bases de la société moderne est la division illimitée des propriétés
par le partage égal entre les enfans, et l'ad-
mission de tous les citoyens aux fonctions

sociales par voie de concurrence ; ces deux
principes ne sauraient fléchir sans que la société moderne fût attaquée dans son essence.
Or, tout justes et nécessaires qu'ils soient, ils
ont leurs inconvéniens, parce que rien sur la
terre n'est exempt d'une certaine infirmité,
qui est le germe de la mort mêlé à la vie. De
la division des propriétés résulte, avec un
accroissement de la population, une atténua-
tion de la fortune des familles. Presque personne naissant en France n'a une existence
assurée par ce seul fait, et, d'un autre côté,
l'État n'est pas assez riche pour accorder à
toutes les ambitions qu'engendrent le besoin
et la libre concurrence une part honorable
de la fortune publique. Il est impossible que
cet état de choses n'amène de grandes souffrances morales. Rien n'est beau comme le
testament d'Alexandre : *Au plus digne*, mais
rien n'est triste comme le partage réel de sa
succession entre ses capitaines. Nous assistons
à un spectacle pareil. Il suffit d'avoir vécu
parmi la jeunesse pour savoir les angoisses

qui assiégent ces cœurs à qui tout est ouvert,
et dont beaucoup pourtant n'entreront pas.
La paix générale, destinée à être un jour plus
solide qu'elle ne l'est aujourd'hui, augmente
encore ces causes de malaise. Pourquoi, lorsqu'il en est ainsi, fermerait-on à la jeunesse
l'issue de la vie commune? Nous avons des
fortunes trop petites, unissons-les. Nous souf-
frons de la lutte sociale, sortons-en. Personne jusqu'ici n'a paru s'opposer aux associations de simple travail : pourquoi s'oppo-
serait-on à des associations où la religion
serait unie au travail? Serait-ce donc que les
choses les plus naturelles deviennent illégiti-
mes dès que le Christianisme y entre comme
élément?

On ferait de vains efforts pour se le dissi-
muler : les associations religieuses, agrico-
les, industrielles, sont les seules ressources
de l'avenir contre la perpétuité des révolutions. Jamais le genre humain ne reculera
vers le passé ; jamais il ne demandera secours

aux vieilles constitutions aristocratiques,
quelle que soit la pesanteur de ses maux ; mais
il cherchera dans les associations volontaires,
fondées sur le travail et la religion, le remède
à la plaie de *l'individualisme*. J'en appelle aux
tendances qui se manifestent déjà de toutes
parts. Si le gouvernement laisse à ces tendances généreuses, tout en les surveillant,
l'essor qu'elles sollicitent, il préviendra de
grandes catastrophes. La nature humaine a
cela d'admirable, qu'elle porte en elle-même
le remède avec la maladie. Laissons-la faire
un peu, et ne repoussons pas cette parole de
l'Écriture : *Dieu a créé guérissables les nations
de la terre*.

Je crois donc faire acte de bon citoyen,
autant qu'acte de bon catholique, en réta-
blissant en France les *Frères Prêcheurs*. Si
mon pays le souffre, il ne sera pas dix années peut-être avant d'avoir à s'en louer. S'il
ne le veut pas, nous irons nous établir à
ses frontières, sur quelque terre plus avan-

cée vers le pôle de l'avenir, et nous y attendrons patiemment le jour de Dieu et de la France. L'important est qu'il y ait des Frères Prêcheurs français, qu'un peu de ce sang généreux coule sous le vieil habit de saint Dominique. Quant au sol, il aura son tour ; car la France arrivera tôt ou tard au rendez-vous prédestiné où la Providence l'attend. Ce qu'a prédit M. de Maistre s'accomplira : La France sera chrétienne, l'Angleterre catholique, et l'Europe chantera la messe à Sainte-Sophie. J'y crois, et je ne suis pas pressé.

Quel que soit le traitement que me réserve ma patrie, je ne m'en plaindrai donc pas. J'espérerai en elle jusqu'à mon dernier soupir. Je comprends même ses injustices, je respecte même ses erreurs, non comme le courtisan qui adore son maître, mais comme l'ami qui sait par quels nœuds le mal s'enchaîne au bien dans le plus profond du cœur de son ami. Ces sentimens sont trop anciens

en moi pour y périr jamais , et dussé-je n'en
pas recueillir le fruit , ils seront jusqu'à la fin
mes hôtes et mes consolateurs.

FIN

TABLE.

—

DU MÊME AUTEUR :

LETTRE SUR LE SAINT-SIÈGE. In-8°; prix : 2 fr.

Imprimerie de E.-J. BAILLY, Place Sorbonne, 2.